JN193194

~レアというよりマイナーなスキルに振り回される僕~

SKILL RICH WORLD ONLINE

原作 唖鳴蝉(アメイゼン) イラスト/三ツ矢彰

《プレイヤー「ガッツ」からPvPの申請が来ています。受けますか？　Y／N》

へぇ、これが話に聞くPvPか。

迷わずYをタッチすると、周囲に半透明のフィールドが形成された。

これが決闘フィールドというやつか。

「【落とし物】って……そんなスキルがあるのかよ……」
「確かにレアスキルだよね……」
「こういうのはレアじゃなくてマイナースキルっていうんじゃないかな……」
僕たち――僕と匠と茜ちゃん――は屋上で弁当を食べながら話していた。

スキルリッチ・ワールド・オンライン

～レアというよりマイナーなスキルに振り回される僕～

SKILL RICH WORLD ONLINE

原作 啞鳴蟬(アメイゼン) イラスト／三ツ矢彰

CONTENTS

スキルリッチ・ワールド・オンライン

～レアというよりマイナーなスキルに振り回される僕～

SKILL RICH WORLD ONLINE

◆序章

1．アクシデンタルな登録

「よし……こんなものかな」

僕は入手したばかりのＶＲＭＭＯゲーム「スキルリッチ・ワールド・オンライン」のキャラクター設定を終えて独り言ちた。親友の匠と幼馴染みの茜ちゃん――二人ともβテストプレイヤーだ――に誘われる形でゲームを始める事になり、掲示板などの事前情報を参考にしつつ、種族やスキルを選んでキャラを作成し始めてかれこれ三十分。

僕が作成したキャラクターの要目は次のようなものだ。

名前：シュウイ
種族：人間
性別：男性
レベル：種族Ｌｖ１
ＨＰ：50
ＭＰ：50
ＳＴＲ（攻撃力）：10
ＤＥＦ（防御力）：10
ＩＮＴ（知　力）：10
ＡＧＩ（敏捷性）：10
ＤＥＸ（器用度）：10
ＶＩＴ（生命力）：10
ＬＵＣ（運）：10
スキル：鑑定、気配察知、スラッシュ、攻撃力上昇、防御力上昇、ファイアーボール、魔力回復
アーツ：調薬（基礎）

名前は本名の蒐一からとってシュウイチにしよ

うと思っていたけど、キャラクリ説明用のNPCのお姉さんに、本名と同じ名前なので非推奨と言われて、安直にシュウイにした。シュウなんて名前はとっくに使われてるだろうしね。

ステータスの値は初期値のまま。どうせこのゲームでは、身に付けるスキルによってステータスの値は変動するし、狙いどおりに育てるのは困難だと掲示板に書いてあった。なら、変にいじくらずに初期値のままにしておけば、多少妙なスキルが来ても対応できるだろう。

十個あるスキル枠は全てを埋めずに、二つほど空けてある。これも攻略情報に書いてあったんだけど、このゲームはやたらとスキルを取る機会が多い――というか押し付ける傾向があるらしく、無理に枠を埋めるよりも、序盤は多少の空き枠を確保しておいた方が良いらしい。

職業については、これもこのゲームの特徴だけど、初期状態は誰も彼もが冒険者で、取得するスキルによって転職可能なジョブが変わってくるという話だ。

ゲームを買うと決めてから散々悩んで決めたスキル構成が、きちんとキャラクターに反映されている事を確認して、僕は決定のボタンを押す。

『シュウイ様のキャラクターを決定します。これでよろしいですか？』

『はい』

ちなみに、僕が参加する前にトンデモなキャラクターをやらかしてゲーム内を混乱させたプレイヤーが数人いた――透明人間の申請は即行で却下されたらしいけど――とかで、外見の大幅な変更はできなくなっている。プレイヤーの外見を運営側で――イケメン側に――修正したものを基本として、それに若干の修正を加える程度だ。公式には、ゲーム内とリアルとのギャップを最低限にするための措置という事になっているけど…。まぁ、僕も蝿男になる気は無いので構わない。容貌に多少の補正はできるというので、髪の毛を黒髪の直毛にして、皮膚の色を浅黒く、瞳の色を銀色にしておいた。リアルだと栗色の癖っ毛で色白で、子供の頃は外人……の女の子……と間違えられた事もあったから、黒髪直毛は憧れだったんだ。残念ながら、背丈は変えられないらしい。くそ。

『ステータスの値を初期値から変更せず、かつスキル枠に二つ以上の空きがありますので、スキルルーレットを回す権利が与えられました。どうなさいますか？』

……それって、何？

『先ほど申し上げた条件を満たした上に、運営側の隠しパラメーターが特定の条件を満たした場合に、プレイヤーに与えられる特典です』

『……説明してもらえますか？』

『はい。要するにガチャですね。ただし、出たスキルはユニークスキルとなり、捨てる事も控えに回す事もできません。スキルの内容は様々ですが、比較的良いものが揃っています』

『……今までにこの特典を受けた人は？』

『受けられた方がお二人、辞退された方がお一人いらっしゃいます』

『どういうスキルが出たのか、教えてもらえますか？』

『個人情報になりますので、それはできません。ですが、辞退なさった方が得るはずだったスキルは「飛行」ですね』

「飛行」⁉　凄いスキルみたいだけど……。

『……はず、というと……その人、ガチャは一応回したんですか？』

『土壇場になってひよ……気が変わられたようです。決定の直前に辞退されました。シュウイ様はどうされますか？』

『受けます！』

これはやらなきゃ駄目だろう！

『それでは、スキルルーレットを回します。お好きなタイミングでボタンを押して下さい』

それじゃあ、構えて…………ここっ！

『おめでとうございます。ユニークスキル「スキルコレクター」を入手しました』

おおぅっ！　何か凄そう！

『プレイヤーが「スキルコレクター」を入手したため、全てのステータス値が五十パーセント上昇します』

おおおおっっ♪

『「スキルコレクター」の起動に伴い、スキル枠と控えスキル枠の上限が撤廃されます』

おお……？

『「スキルコレクター」の起動に伴い、全てのスキルがリセットされます』

ちょ、ちょっと待ったぁ！

『それでは、「スキルリッチ・ワールド・オンライン」をお楽しみ下さい』

2．篠ノ目学園高校一年三組（金曜日）

「わはっ……わははは、はははっ、ははっ！」

入学早々後ろの席で馬鹿笑いしているのは、小学校以来の僕の親友、瀬能原匠だ。黒髪直毛長身に日焼けした肌で、見かけだけはナイスガイで通る。僕をスキルリッチ・ワールド・オンライン――ちなみに、プレイヤーはSROと略している。そのまま略したらSRWOなんだけど、それじゃぁ語呂が悪いという事で、誰言うとも無くSROに決まったらしい――に誘った張本人だ。

「好い加減にしろよ匠。こっちは結構深刻なんだぞ」

「ぷっ……くくっ……すまん。けど……ひひっ……一応はユニークスキルなんだろう？　それなりに美味しいんじゃね？」

「……後で説明してやるよ。昼休みにでも」

予鈴が鳴ったので、雑談はそこまでにして入学式に出る準備を整える。僕は子供の時から真面目な生徒で通ってるんだよ、これでも。

・・・・・・・

で、入学式の後は教科書販売やら説明会やらで午前中を潰して解散になったんだけど、だからといって午後からの予定がある訳でも無い。天気も好いし、屋上で弁当でも使うかという話になった。弁当を食べながら匠と駄弁っていると、クラスメイトの女子――ちなみに幼馴染み――がやって来た。

軽いウェーブのかかった髪をショートカットにした小柄な――僕より小さい――女の子で、表情も身体もくるくると能く動く。纐纈茜といって、彼女もＳＲＯのβプレイヤーだ。

「やっぱりここか～」

僕たちが上の階へ上がって行くのを見て、追いかけて来たらしい――自分のお弁当を持って。

「よう、茜も弁当か？」

「うん。さっき匠君が馬鹿笑いしてたし、蒐君がゲーム開始早々何かやらかしたんだろうなって思うと、矢も盾も堪らなくなって、来ちゃった」

「ぷっ……くくっ……。そりゃ、本人から聞いた方が良いぜ」

僕は憮然として昨日のキャラクリの顛末を再び説明した。茜ちゃんは匠のように馬鹿笑いせず、親身になって心配してくれた……俯いた時に肩が震えていたのは気にしないよ、うん。

「で、その『スキルコレクター』って、どんなユニークスキルなんだよ？　あ、言いたくなけりゃ言わなくても好いぞ」

「……口にしたくもないけど、聞いてよ。まず、ユニークというだけあって、控えに回す事も捨てる事もできない」

「……それ、地味にきついかもな」

「スキルの蒐集という性質上、スキル枠の上限は撤廃。これは控えスキル枠も同じ」

「……それ、凄く良いんじゃないの？」

「で、このスキルはレアスキルが集まって来るというものなんだ」

「おい、夢みたいなスキルじゃないか、それ」

「……夢は夢でも悪夢の方だよ。序盤で集まって来るスキルの大半は、他のプレイヤーが捨てたレアスキル。これで大体見当が付かない？」

「プレイヤーが捨てたレアスキル……って」

「そ。役に立たないスキルばっかり。ちなみに『スキルコレクター』の効果で、スキルオーブの購入やクエスト報酬によるスキル取得は、原則不可能になってる」

「あの……蒐君、差し支え無かったら、今のスキル構成を聞いても好い？」

「うん、笑えるよ。聞いて驚け、【しゃっくり】【地味】【迷子(まいご)】【腹話術】だ！」

「何……それ……？」


【しゃっくり】対象者は一定時間しゃっくりが止まらなくなる。

【地味】他人に認識されにくくなる。

【迷子】迷子になる。

【腹話術】腹話術で話す。


「……役に立つのか立たんのか、微妙なスキルだな……」

「……完全に役立たずって事は……無いんじゃないかな？」

「問題はそこじゃなくて、基本的なスキルを取得できないって点だよ」

　うんざりしてそう指摘すると、二人ともはっとした顔付きになった。遅いよ。

「……って、序盤から実質スキル無しでやれって事かよ」

「何……その縛りプレイ」

「ま、その代わりにステータスの値が五割増だから。何とかなるとは思うけど……」

　このゲームでは、スキルが無くても同様の行動は可能だからね。ステータスが高ければそれなりに動けるとは思うけど……こればっかりはやってみなくちゃ判(わか)らない。

「マジかよ……何とも判断に困るユニークスキルだな……」

「キャラクリのやり直しはしないの？」

「曲がりなりにもユニークスキルだしね。一応これでやってみるよ」

「そうか……けど、これじゃアドバイスもしにくいな」

「これでも一応βテストプレイヤーだから、助言くらいできると思ってたんだけど……」

「予想外のキャラを作ってきたからなぁ……」

「いや、僕が作った訳じゃないからね？」

挿話　スキル余話～【しゃっくり】と【腹話術】と【地味】～

入学式の朝から蒐一がげんなりしていたのには理由がある。

拾得——修得ではない——したレアスキルたちが悉く曲者であったのだ。いや、説明文を見ただけでそれは解っていたが、どうせ捨てる事もできない以上は使いこなすしかないと腹を括って試したところ、早々に心が挫けるような目に遭っていたのである。しかも何度も。

最初に蒐一が……いや、シュウイが試したのは——ある程度内容が予想できるものが良かろうという事で——【しゃっくり】であった。相手にしゃっくりをさせるスキルであろうと考え、匠あたりを生贄に……と悪巧みしたが、生憎匠を始め知人は全てβプレイヤーであり、狩りやら依頼やらで町を離れている。ならば通りがかりの人間を巻き込むかと考えたが……さすがにそれは人としてまずいような気がする。

「強制しゃっくりで指名手配……なんて事にはならないと思うけど……あれ？　レベルが0って？」

拾得したスキルのレベルが0となっている事を訝るシュウイであったが、SROでは修得したばかりのスキルは全てレベル0であり、発動した時点でレベル1になるのだとの説明を目にして納得。ただし問題なのは……

「レベル1にならないと、詳しいヘルプは読めないのかぁ……」

喩えて言えば、レベル0とは購入しただけで封を切っていない状態らしい。名前とともに簡単な説明だけは判るものの、箱を空けないと中の取説は読めない訳だ。確かに筋は通っているが、運営の底意地の悪さが仄見(ほのみ)える仕様である。

　どうしたものかと思案するシュウイであったが、多分ターゲット指定の段階でキャンセルできるだろうと高を括って、スキルを発動する。そして……

「ヒクッ、ヒクッ!? ヒクッ、何……ヒクッ……?」

　それは見事に【しゃっくり】が発動していた……術者本人に対して。

「……はぁ～……これって、レベル1では自分がしゃっくりをする訳かぁ……」

　一分間しゃっくりと格闘して敗北した――息を止める、水を飲むなどの対策は悉く水泡に帰した――シュウイは、ようやく落ち着いてスキルのヘルプを読んで納得した。運営側も、いきなり他人を攻撃するようなスキルは作らなかったらしい。なけなしの良心というやつか。

「レベル2に上げると、狙った相手をしゃっくりさせる事ができるって言われても……」

　何の役に立つんだよ、こんなスキル、とヤサグレかけたシュウイであったが、考えてみれば、魔術の詠唱を邪魔するのには打って付けのスキルかもしれない。役に立つ以上はレベルを上げるに越した事は無いのだが……

「……これって、レベルを上げようと思ったら、しゃっくりに耐え続けなきゃ駄目な訳……?」

　どのくらい耐え続ければレベルが上がるのか判らなかったため、とりあえず【しゃっくり】のレベリングは後回しにするシュウイ。次に拾得したスキルは【迷子】であったが……

「うん。面倒事の予感しかしないよね……」

　さくっと後回しにして、次のスキルに移る。

「次は……やっぱり【腹話術】かな? 一人でも

検証できそうだし……」

　悪目立ちしたくないシュウイは、パッと見で無難そうな【腹話術】を試してみる事にするが……起動しただけでは何も起きない。

「……そりゃそうだよね。何か話してみないと……え～と……『ヤア、僕、しゅういダヨ』」

【腹話術】を使って話してみると、確かに口を動かさずに喋る事はできた。

……が、いかにも腹話術でございという裏声で、不自然な事この上無い。ヘルプを読む限りでは、レベル2まではいかにも腹話術という裏声になるが、レベル3からは普通の声で話せるようだ。

『ウ～ン、頑張ッテれべるヲ上ゲタラ、驚カスクライニハ使エルカナ？』

　とても人前で練習できる技ではないが、レベルを3まで上げたら牽制用に使えるかもしれない。これは案外に使い勝手が良いかもと、少しだけ「スキルコレクター」を見直すシュウイ。いや……レベルさえ上がれば多分【しゃっくり】も役立ちそうなのだが、レベリングが少々面倒なのである。多分それだから捨てられたんだろうなと、拾うまでの事情を察するシュウイであった。

『サテ、サイゴノすきるハ【地味】ダナ』

　簡単な説明から察するに、これは人混み……というか、他人がいる場所でないと検証のしようが無さそうなスキルである。ここまでの検証は、念のためにと人通りの少ない所でやっていたのだが、【地味】スキルの検証には人混みが必要なようだ。

そう考えたシュウイは、思い切り良く【地味】を発動して人混みの中へ繰り出して行ったのだが
……

「おぅっ⁉　何だ？」

「あ……すみません」

「お、おぅ……何だ、いたのか……すまなかったな」

「きゃっ⁉」

「あ……あの……どうも……」

「え？　あれ？　あ……どうも……」

「フニャッ⁉」

「…………」

【地味】の効果は思った以上に絶大であった。レベル1にも拘(かか)わらず、シュウイの存在を認識できずにぶつかる者が――プレイヤー、住人(NPC)、果ては野良猫に至るまで続出したのである。

「レベル1でこれって……レベルが上がるとどうなるんだ？」

　結論を先に言ってしまうなら、レベルが2に上がると、ぶつかった相手に謝意を表すシュウイに気付く事も無く、皆が皆そのまま――首を傾(かし)げつつ――離れて行くというやるせない羽目になる。更にレベルが上がると、ぶつかった事にすら気が付いてもらえないという有様で、社会的に無視される者の悲哀を身をもって知る事になる。


「……使い勝手は良さそうだけど……精神を抉(えぐ)るスキルだなぁ……」

◆第一章　トンの町

1．冒険者ギルド

SRO(スロウ)にログインした僕は、最初に冒険者ギルドに向かう事にした。とにかくギルドに登録しないと、ゲームを進める事ができないしね。


「トンの町冒険者ギルドへようこそ。本日はご依頼ですか？　ご登録ですか？」

「冒険者登録をお願いします」


で、テンプレな会話と手続きの後、僕は何の問題も無く冒険者としての登録を終えた。冒険者ランクは最低のF。依頼は自分のランクの一つ上まで受注できるという。受注した依頼を完了できなかったら、依頼のランクに応じた罰金が科せられる。当然、上のランクの依頼は報酬だけでなく罰金も高いので、無茶(むちゃ)な依頼を受注する者はほとんどいないそうだ。


「転職した場合はどうなるんですか？」

「そのまま、冒険者としても登録を続ける方が多いですね」

「あ、複数のギルドに登録できるんですね？」

「はい。ただし一年以上、依頼の受注もしくは素材の納品が無い場合、冒険者資格は取り消されます。再登録には銀貨五枚以上が必要ですので、ご注意下さい」

「……五枚以上というのは？」

「Fランクの場合が銀貨五枚。それより上のランクになると、再登録の費用も高くなります。また、Eランクからは、元のランクより一つ下のランクに再登録となります。もっとも、形式的に冒険者資格を保有しておきたいだけの方は、銀貨五枚だけ払ってFランクに再登録する方も少なくありませんね」

「なるほど、解りました」

説明の後で依頼が貼ってある壁を眺めていると、これまたテンプレな展開が僕を待っていた。

「おい坊主、ここはお前(めえ)みてぇなヒヨっ子が来る所じゃねぇぜ。良い子だからママの所へ戻って大人しくしてな」

うん、テンプレだね。

テンプレな相手は誰だろうと振り返ってみると……プレイヤーだよね？　あれって。日焼けした仁王様みたいだけど……半裸のスキンヘッドに腰(こし)蓑(みの)かぁ……このゲーム、衣装(コス)は変えられるそうだけど……濃いロールやってんなぁ。顔に入れ墨の無いのが惜しいくらいだ。でかい剣を担いだ様子は……古代の剣闘士のつもりかな。……けど、あれじゃなぁ……。

……ともあれ、相手の座り方や手の置き方を見た限りじゃ素人(しろうと)だけど、ゲーム内でパーソナルスキルがどう扱われているのかを確かめるには好い機会だ。

このテンプレ、お受けします♪

「ヒヨっ子に忠告してくれるのは、そっちのヒネっ子かな？　ヒネたままで腐っていきそうな感じだけど？」

「ぁんだと、コラ。喧嘩(けんか)売ってんのか、テメエ！」

「そっちに買うだけのゆとりがあるんならね」

「良い度胸だ！　ガキに世間ってものを教えてやんぜ！」

ＶＲＭＭＯを世間って言い切るあたり、引(ひ)き籠(こ)もりのネット廃人かな？　そんな事を考えていると不意にポーンという電子音が響いて、空中に半透明なウィンドウが出現した。

《プレイヤー「ガッツ」からＰｖＰの申請が来ています。受けますか？　Ｙ／Ｎ》

へぇ、これが話に聞くＰｖＰか。迷わずＹをタッチすると、周囲に半透明のフィールドが形成された。これが決闘フィールドというやつか。

《どちらかが死亡、もしくは戦闘不能、もしくは降伏した時点で決闘は終了となります。決闘終了後に攻撃を加える事は許可されておりませんのでご注意下さい》

さあ、始めようか。


ヒネっ子の兄ちゃんはやにわに大剣を振りかぶると、力任せに振ってきた。握りが甘いから剣の軌道がふらついている。腰も据わってないから振り下ろした剣に引きずられて、前に一歩踏み出した。それ以前に間合いが届いてない。結果、兄ちゃん渾身の一撃は、僕の半歩先の地面を抉るだけに終わった。

「おらぁっ！　ビビってんじゃねぇぞっ！」

いや、ビビる必要なんか無いし。

そのまま立っていたら、今度は袈裟懸けに斬り込んで来た。一歩だけ左に寄ってそれを躱す。振り切った後が隙だらけだから、一発撃ち込めば簡単に終わるけど、折角だからスキルの実験台になってもらおう。

（【しゃっくり】）

頭の中で念じてみたら、今にも斬りかかって来そうだった兄ちゃんが突然体勢を崩した。どうやらレベル2に上げた【しゃっくり】が良い仕事をしたみたいだ。

すかさず踏み込んで鼻っ柱を引っぱたくと、でかい兄ちゃんは鼻血を出した。へぇ……このゲーム、こんなとこまで再現してるんだ。

「クソがぁっっ！　ヒクッ……舐めんじゃ……ヒクッ……ねぇっっ！」

（【腹話術】「後ろだよ」）

耳元に届くような囁き声で言ってやると、馬鹿は思わず後ろを振り返った。頑張ってレベルを上げた甲斐があったな。その隙に股間の急所を蹴り上げてやると、蟇蛙が挽き潰されたような声を出して屈み込んだので、顎先を蹴り飛ばして仰向けに伸してやる。顔面をストンピングで踏み付けていると、五回ほど蹴ったところで馬鹿の姿が消えた。

　ポーンという電子音と共に《Ｙｏｕ　ｗｉｎ》という文字が空中に表示されたかと思うと、決闘フィールドが解除された。周りを見回すと、馬鹿がフィールドの外にへたり込んでいた。どうやら死亡扱いになって、決闘フィールドから排出されたらしい。普通の死に戻りとは違うようだ。僕と目が合うと横隔膜が引き攣ったような声を出して、這々の体で逃げて行った。

《プレイヤー「ガッツ」の所持金八千Ｇの所有権が、プレイヤー「シュウイ」に移りました。ステータスボードを確認して下さい》

　へぇ、こういう仕組みなのか。……ＰｖＰって結構実入りが良いんだな。開始時点の所持金が千Ｇだったから、これは大きい。

　他に挑戦者はいないかな、と思って周囲を見回すと、全員が一斉に顔を逸らした。……残念。

　ステータスボードを眺めていると、見覚えの無いスキルが表示されていた。

【解体】斃した獲物を解体して戦利品を得る。

　ログを確認してみると、さっき潰した馬鹿から奪ったスキルのようだ。動物やモンスターの他に人間を斃した場合も、低確率で相手の持つスキルを一つ奪えるらしい。……この場合も、よりマイナーなスキルから優先的に奪うみたいだけどね。

　ところで……【解体】スキルを育てるには、やっぱり獲物を解体する必要があるんだよね？

　ＰｖＰの場合も同じなのかな……？

有名人を語るスレ [2]

1：スレを立てた報告者
ここはＳＲＯ内で見かけた有名人を語るスレです。
荒らし行為、晒し、中傷は禁止です。良識ある「語り」を楽しみましょう。
次スレは＞＞９５０を踏んだ人が、宣言した上で立てて下さい。

過去スレ：有名人を語るスレ [1]　※格納書庫を参照のこと

－－－－－－－－－－－

２９１：名無しの報告者
＞＞２８８
いや、テムジンはあれが素だから。話してみると判るが、別にキャラを作ってる訳じゃない

２９２：名無しの報告者
＞＞２９０
残念だけど、まだそこまでの品質のものは作れないそうよ

２９３：名無しの報告者
＞＞２９１
それはそれで凄いな……

２９４：名無しの報告者
危なそうな新人発見

２９５：名無しの報告者
＞＞２９２
もうしばらく待つしかないのか

２９６：名無しの報告者
＞＞２９４
ｋｗｓｋ

２９７：名無しの報告者
場所は？

２９８：名無しの報告者
トンの町の冒険者ギルド。笑いながらガッツをＰｖＰでなぶり殺しにしてた

２９９：名無しの報告者
＞＞２９８
はあっ!?　ガッツって、「狂犬」ガッツか？

３００：名無しの報告者
＞＞２９８
力任せの雑な闘い方だが、あの大剣のリーチと威力はヤバいだろ。それ

をなぶり殺しって……

３０１：名無しの報告者
＞＞２９８－３００
攻略組の誰かじゃないのか？

３０２：名無しの報告者
＞＞３０１
冒険者登録の直後だったから違うと思う。黒髪、直毛、銀目、浅黒い肌、中性的な顔立ちの、多分少年

３０３：名無しの報告者
＞＞３０２
多分って、最重要事項を確認してないのかよ

３０４：名無しの報告者
＞＞３０３
無理だって。ＰｖＰ終了後に、お代わりは？って顔で周りを見回すんだから。即行で目線をそらしたよ

３０５：名無しの報告者
不用意に観察してると瞬殺されるかもしれんなｗｗ

３０６：名無しの報告者
武器は？

３０７：名無しの報告者
剣じゃないのか

３０８：名無しの報告者
槍

３０９：名無しの報告者
日本刀。そろそろ出てきてもいい頃

３１０：名無しの報告者
ハルバート

３１１：名無しの報告者
鎖鎌とか

３１２：名無しの報告者
＞＞３０６－３１１
驚け。素手だ

３１３：名無しの報告者
は？

３１４：名無しの報告者

うそ

３１５：名無しの報告者
大剣相手に素手でなぶり殺し？

３１６：名無しの報告者
どんな超人だよ……

３１７：名無しの報告者
何か特殊なスキルを持ってる可能性はある。ガッツの動きが変だった

３１８：名無しの報告者
ｋｗｓｋ

・・・・・・・・

以下、トンの町に突然現れた危険人物についてスレッドが盛り上がったが、その正体については誰も心当たりが無く、推測ばかりが一人歩きしてゆく事になるのであった。

3．初依頼

馬鹿の相手を済ませた僕は、薬草採集の依頼を受ける事にした。予備知識も無いのに、モンスターの討伐依頼なんか受ける訳無いよね。

受付のお姉さんに聞いたら、生育地は比較的近場のようだし、まずは大人しく採集をこなすとしよう。馬鹿のお蔭で懐も潤ったから、無理な依頼を受ける必要も無い。ありがとう、馬鹿。

採集スキルが無いため探すのに手間取ったけど、何とか薬草二十本を採集する事に成功。このゲーム、対応するスキルが無くても行動自体は可能なのが嬉しい。かなり効率は悪いみたいだけどね。

町に戻ろうかと腰を上げたところで、ポーンという電子音が聞こえた。ステータスボードを確認すると、新しいスキルが増えている。

【落とし物】落とし物をする。パッシブスキル。

何？　これってスキルなの？

嫌な予感がしてアイテムバッグの中身を表示すると、集めたばかりの薬草が無い。慌ててログを確認すると……

《【落とし物】がレベル1に上がりました》
《【落とし物】の効果で薬草一束を失いました》

……何でだよぉぉぉっっ！

・・・・・・・

あれから再度薬草を探し回って、ようやくの事で新たに二十本を集めてギルドへ向かう。何か……凄く疲れた気がする。

ギルドの受付に薬草を提出して依頼完了の手続きをしていると、後ろから声をかけられた。

「よぉ、シュウイ。お使いは無事に終わったのか？」

「たく……か。お蔭さんで何とかね」

声をかけてきたのは友人の匠だろう。振り返ってみると、黒い鎧を身につけ、左右の腰に長剣を提げたキャラクターがいた。声と顔付きからして間違いなく匠だろうけど、こいつのキャラ名は何だったっけ？

「タクマだ。……何か、妙に疲れてないか？」

「ちょっと色々あってね……アレ関係で」

「あー……ＰｖＰは原因じゃないんだな？」

「ＰｖＰ？　あんなのが原因な訳無いだろ？

……何で知ってるんだよ？」

「いや？　狂犬ガッツを笑いながら撲殺するなんて、お前しかいないだろ？」

「……僕、笑ってた？」

「らしいぞ。掲示板によると」

「……掲示板⁉」

「あちこちの掲示板がその話で持ち切りだ。良かったな、有名人」

「冗談じゃないよ……」

ただでさえスキルのせいで疲れてるのに、何で見せ物なんかに……。

「何かげっそりしてきたな……。疲れてるんなら、もう宿屋でログアウトした方が良いかもな」

「そうする……」

「あ、その前にフレンド登録しとこうぜ」

タクマはそう言うと何か操作していたが、やがて電子音と共に僕の目の前に半透明のウィンドウが出現した。

《プレイヤー「タクマ」からフレンド登録の申請が来ています。受けますか？　Ｙ／Ｎ》

僕は迷わずＹを押した。と、即座にまた別の電子音がして……

《【落とし物】の効果でフレンドのアドレスを失いました》
《落とし物を二回したので、【落とし物】がレベル2に上がりました》
「……悪い、タクマ、フレンド登録を落とした……」
「はあ？」

――――――――――

《シュウイのスキル一覧》
レベル：種族レベル1
スキル：【しゃっくり　Lv2】【地味　Lv1】【迷子　Lv0】【腹話術　Lv3】【解体　Lv1】【落とし物　Lv2】
ユニークスキル：【スキルコレクター　Lv1】

◆第二章　篠ノ目学園高校（土曜日）

1．昼休み

「【落とし物】って……そんなスキルがあるのかよ……」

「確かにレアスキルだよね……」

「こういうのはレアじゃなくて、マイナースキルっていいうんじゃないかな……」

　僕たち——僕と匠と茜ちゃん——は屋上で弁当を食べながら話していた。

　僕たちの通う篠ノ目学園高校は隔週で土曜日が休みなんだけど、今日は授業がある日に当たっている。土曜の授業は午前中で終わりなんだけど、うちの学校は少し変わっていて、土曜は三時間目と四時間目の間に昼休みがある。四時間目終了で放課となると外食から遊びという流れになりがちなので、せめて出費を減らしたいと保護者が申し入れた結果なんだそうだ。珍しいよね？

「で……レベルが2に上がって、何か変わったのか？」

「うん、大幅に。落とし物を『する』から『拾う』になったみたい」

「お〜、百八十度の大転換じゃないか」

「何を拾うか判らないけどね……」

「気落ちしてる人の『気持ち』を拾うとか？」

「やめてよ！　本当になったらどうすんのさ!?」

　一頻り騒ぎながら弁当を食べ終えたところで、匠が切り出した。

「で、蒐はこの先どうすんだ？」

「どう、って？」

「いや、どんなプレイをするつもりなのか気になってな」

「う〜ん。基本スキルが全く無いから戦闘は無理っぽいし、かといって生産系のスキルも現状全く無いし……お使い？」

「何か昨日無双したって聞いたけど？」

「いや……無双ってほどじゃ」

「そうそう。『狂犬』ガッツを撲殺した程度だよな」

「撲殺⁉」

「ＰｖＰだよ！　殺人鬼みたいに言うなよ！」

「笑いながらいたぶり殺したって掲示板に書いてあったぞ？」

「あ〜、『微笑(ほほえ)みの悪魔』復活か〜」

「……そのあだ名で呼ばないでよ、茜ちゃん」

「んじゃ、『惨劇の貴公子』の方か？」

「そっちも駄目……」

「ん〜。蒐君、ステータス高いんだし、討伐依頼もいけるんじゃない？」

「人間相手じゃないのに、そう上手(うま)くいく訳無いでしょ」

僕が祖父(じい)ちゃんから習った古武術は、所詮は対人戦闘の技術だしね。モンスターには通じないだろう。

「しばらくはお使いとかで様子を見るよ。そのうちに何か使えるスキルを拾うかもしれないし。ＰｖＰのお蔭で八千Ｇほど手に入ったしね。……ＰｖＰとか賞金稼ぎでやってけないかな……」

「そういうのは多分、運営の非推奨プレイだからね、蒐君」

2．放課後

一日の授業が終わって後は帰るだけという時になって、匠と茜ちゃんが声をかけてきた。

「蒐、ちょっと」

「うん、何？」

「いやな、茜とも相談したんだけど、お前、当分はトンの町にいるんだろ？」

「いるというか、現状あそこから出られないよね」

「だったら、俺たちが知ってる情報を、今のうちに教えとこうかと思ってな」

「あたしたちも、そろそろ次の町に拠点を移す頃合いだし」

あ〜、そうか。二人はβプレイヤーだったっけ。それぞれパーティを組んでいるみたいだし、僕に付き合わせる訳にはいかないよね。

「それはありがたいけど……良いの？」

「ああ。詳しいのはいずれ纏(まと)めたやつをメールか何かで送るとして、大まかなところだけでも話しておこうかと思ってな」

「蒐君さえ好ければ、何人かに紹介もできるけど？」

「う〜ん……やっぱり紹介は遠慮しとくよ。現状はどっちに進むか判らないし、必要になった時に甘えたいんだけど……駄目？」

「蒐がそれで良いんなら、俺たちは構わないぞ」

「うん」

「じゃあ、その時になったらお願いするよ」

「OK。じゃ、トンの町の中からだな」

匠と茜ちゃんがレクチャーしてくれたお蔭で、僕はトンの町の住人(NPC)と、生産者や商人のプレイヤーたちについて、色々と知る事ができた。例えば、ギルドで受けた依頼で採ったものはギルドに提出すべきだけど、依頼外の採集品や獲物については素材屋や商店に直(じか)に売っても構わないそうだ。

「けど、プレイヤーが相手だと足下を見てくるやつもいるしな。ギルドに売るのが無難と言えば無難だな」

「新鮮な食材なんかは商人に売った方が良いよ。大抵は高く買ってくれるし」

「住人(NPC)の商人なら、買い叩く事は無いしな」

「薬草なんかは丁寧に採集すると、通常より高く買ってくれるよ。これはスキルの有無に関係しないし」

「根っこも付けて採るようにな」

　薬草や鉱石なんかは、売るタイミングも問題になるそうだ。

「薬草はポーションの、鉱石は武器や防具の素材だから、プレイヤーが減ると需要も減る訳だ。今はまだプレイヤーも多くがトンの町にいるけど、ナンの町に出て行くプレイヤーが多くなると、トンの町ではあまり高く売れなくなるぞ」

「そういう場合、どうすれば……」

「鉱石なんかは劣化するもんじゃないから、そのまま持ってれば良いけど……」

「薬草なんかは乾燥させれば日保(ひも)ちがするよ。【錬金術】か【調薬】のスキルがあれば、自分でポーションを作れるけど……」

「最初の予定では【調薬】を取るつもりだったんだよ……」

　町の外に出るモンスターや動物についても、基本的な事を教わった。

「町の西側は住民(NPC)が狩り場として使う事が多いせいか、危険なモンスターは出ない。まぁ、初心者向けのフィールドだな。その代わり、高めの素材は手に入らない」

「西の次に行くのは南かな。モンスターのレベルは少し高め。素材の買い取り価格もちょっとお高めかな」

「北と東はほとんど人手が入ってない環境だし、

結構危険だな」

　最後に注意されたのはＰＫ、つまりプレイヤーキラーについてだった。

「蒐は昨日目立ったからな。ＰＫの連中にとっちゃ美味しい獲物って訳だ」

「好きで目立ったんじゃないやい……」

「このゲーム、町の中ではＰＫ活動はできないの。だから町にいる限り安全。周りに他のプレイヤーが多い場所も比較的安全ね」

「採集依頼を受けて、外に出た時が危ないな」


　二人からは注意点の他に良い事も聞いた。

「ＰＫや盗賊は犯罪者だからな。殺してもレッドネーム化はしないし、相手の所持品もドロップしたやつは貰(もら)える事になってる。場合によっちゃ懸賞金も手に入るな」

「殺しても死に戻るんじゃないの？」

「プレイヤーはな。けど住人(NPC)の盗賊や殺し屋を仕留めたら、その場にカードを残すんだ。それを持ってギルドに行けば、懸賞金を支払ってくれるぞ」


　へぇ……良い事を聞いた。これは積極的に狙っていくべきかな。「解体」スキルも育てる事ができるかもしれないね。

◆第三章　トンの町

1．PK

冒険者ギルドで薬草の採集依頼を受けて、僕は今、トンの町の北側のフィールドに来ている。

他のプレイヤーがほとんどいない場所をわざわざ選んだのは、第一に、ここには薬草の大規模な生育地があると聞いたから。そして第二に、敵か味方かの区別が楽だからだ。こんな場所で姿を隠して近づこうとするのは、PKに決まっているからね。

……ふぅん。虫の声が聞こえなくなった。このゲームではこういう風に再現するのかぁ。耳を澄ませば、虫の鳴き声が聞こえるのは右手の方角。左手の方角からは聞こえない。単純に考えれば、PKが隠れているのは左側、という事になるんだろう。もっとも、陽動という可能性もあるから、右手を安全圏と断定する事はできないけどね。

丈の高い草むらに潜り込むと、【地味】スキルを発動して身を隠す。そして次のスキルを発動する。

（【べとべとさん】）

これは最近手に入れたばかりのスキルで、足音と足跡だけを先に進ませるスキルだ。もっとも、自分より先に進ませる事ができるのはレベル2からで、レベル1では僕の後をついて来る事しかできなかった。ヘルプでその事を知ったから、頑張ってレベルを上げたよ。

……うん、レベル1での練習の時、人通りの少ない場所で試したら掲示板で怪談騒ぎになって……それに懲りてレベル2の時は人混みに紛れて練習したら、今度は野良猫たちに怪訝（けげん）そうに見つめられて……いたたまれない思いをしたんだけどね……。

そういう苦労を経て得たスキルなんだけど、草が揺らぐのもその効果に含まれているらしく、足跡が進むにつれて草も揺れ動いている……奇観だなぁ。


そうやってじっと見ていると、足跡の部分に矢が飛んで来た。先端が変色していたから、毒矢みたいだな。ここで次のスキルを発動っと。

(【腹話術】「うわぁっ！」)(【べとべとさん】解除)

しばらく待っていると……

「やったか!?」

「仕留めたぞ」

「生意気なガキも、俺たちにかかっちゃこんなモンよ」

三人か……。【地味】スキルを発動したまま、一番後ろのやつに近づいて……

「!?っ」

後ろから裸絞めに極めて、喉を潰したまま即座に首の骨を捻り折る。振り返った二人目の喉笛をナイフで切り裂き、三人目はナイフの柄を叩き込んで脳天を砕く。呆気無いね。そのまましばらく待っていたけど、他の人間の気配はしない。三人だけだったみたいだね。さて、三人の屍体が消えた後には……

わはは♪　所持金と装備品がごっそり残ってる。へぇ～、死に戻りって身一つで戻るのか。僕も注意しないといけないな。


シュウイは勘違いしているが、身一つで死に戻るような事は本来ならあり得ない。実はこれはシュウイの【解体】スキルと【落とし物】スキルの相乗効果で、ドロップ――この場合は遺品――の量が理不尽に増えたせいである。

電子音が鳴ったのを聞いていたから、ログを調べてみる。【地味】【腹話術】【解体】【落とし物】のスキルレベルがそれぞれ上がっていた。【べとべとさん】はレベルを上げた直後だったから、今回はレベルアップしなかったようだ。他にも【通臂（つうひ）】とか【腋臭（わきが）】とか、妙なスキルを拾ってるけど……今回は使わなかった。ちょっと癖のあるスキルだしね、うん。

うん。やっぱりPKや犯罪者は積極的に狩りたいね♪

・・・・・・・・

その頃、プレイヤーが死に戻る礼拝堂では、身ぐるみ剝がれた三人のプレイヤーが悄気返（しょげかえ）っていた。


「一体全体、何があったんだよ……」

「判らん……確かに仕留めたと思ったんだが……気が付いたら死に戻っていた」

「何に殺（や）られたのかはともかく、何でこんな事になってるんだよ……」

「装備一式、金も無い……」

「おい……俺はスキルまで減ってるぞ。お前たちはどうなんだ？」

「え？　……あぁっ！　俺もだ！　【虫の知らせ】ってレアスキルが消えてる！」

「俺は【嗅覚強化】が……結構レアなはずなのに……」

「俺のはレアスキルではないんだが……【気配察知】が消えた……」

「……コレって、やっぱり、アイツのせいか？」

「判らん。判らんが……俺は金輪際アイツとは関わらんぞ」

「……一応、裏掲示板には流しとくか。あぁ、俺もやつとは関わりたくない」

「俺もだな……」

・・・・・・・・

「お、スキルが増えてる。【虫の知らせ】【嗅覚強化】【気配察知】……あれ？　【気配察知】ってレアスキルだっけ？　僕、最初に取ろうとしてたよね？　……ＰＫを狩ったら、普通のスキルも獲得できるのかぁ……これはますます狙い目だよね」

・・・・・・・

「……なぁ、何か急に寒気がしてきたんだが」

「俺もだ。背筋に悪寒が走った……」

「右に同じだ。早いとこ逃げ出そう」


礼拝堂から三人の男の姿が消えた。

2．戦利品

ＰＫ連中から戴いた装備を抱えてトンの町に戻った僕は、入口の所で門番さんに呼び止められた。うん。武器を一山抱えて町に入ろうとしてたら、そりゃ不審に思われるよね。マントなど嵩張るものやＰＫたちのアイテムバッグ、それに細々して落とし易そうなものを全て僕のアイテムバッグに収納したら、武器類が入らなくなったんだよ。


「……なるほど。君を殺そうとして襲って来た連中を返り討ちにした訳か」

「はい」

「悪いが、ギルドカードを見せてもらえるかな？」

ギルドカードには犯罪歴も表示されるらしいので、素直にカードを渡す。正当防衛がどう表示されるのか、僕も知っておきたいしね。

「……君の申告どおり、正当防衛の結果得られたものだと証明された。従って持ち込むのは構わないんだが……些か目立つんじゃないかね？」

うん。弓三張り、矢筒三本、長剣三振り、短剣五本、毒の入った瓶一個、その他暗器類の包みが一つ……ちょっとした死の商人だよね。

「……どうしたら良いでしょうか？」

思案に余って相談すると、門番さんは門番小屋の中から大きめの布袋を持って来てくれた。

「この袋を貸しておくから、中に突っ込んでおくと好い。少しは穏便な見かけになるだろう」

「すみません。しばらくお借りします」

「なに。住民に不安を与えないのが番人の務めだからな」

門番さんから借りた袋に装備一式を入れて、先にタクマに聞いた道具屋に行く事にする。こんなものを抱えてギルドに行けば、また面倒を背負い込む事になりそうだしね……いや、それはそれで美味しいのか？

昨日のＰｖＰの収益を考えると、それでも良いかという気になる。だけど、やっぱり先に道具屋に行く事にした。誰も喧嘩を売ってくれなかったら、悪目立ちするだけだしね。

確か、「ナントの道具屋」って看板があるはず……あそこか。β版のテストプレイヤーで、β版で稼いだ資金を元手に開店したって聞いてるけど……。

「ごめん下さ～い」

「はいよ～」

ナントさんは若い獣人の男性だった。

・・・・・・・・・

「ふ～ん、ＰＫのドロップ品ねぇ」

「お疑いなら、門番さんに聞いて戴いても？」

「いや、疑ってる訳じゃないよ。ただ、タクマに聞いたとおり規格外だと思ってねぇ……」

……おや？

「タクマが何か話したんですか？」

「あぁ。何か面倒なスキルを背負い込んでるみたいだから、店に来たら相談に乗ってやってくれと頼まれたよ」

あいつ……。

「しかし……これって装備一式丸ごとだよね？ そのＰＫたち、ほとんど身一つで死に戻ったんじゃないかい？」

「……返却する必要があるでしょうか？」

「無い無い。犯罪者の遺品は討伐者のものさ。さすがに身ぐるみ一切ってのは初耳だけど……問題は無いはずだよ」

「じゃぁ、買い取ってもらえますか」

「うん。だけど、この毒薬はちょっとうちじゃあ扱えないな。買い取ってくれそうなところはあるけど……一応ギルドに相談した方が良いと思うよ」

「解りました。そうします」

アイテムバッグと暗器類——吹き矢と手裏剣、バグ・ナク——は売らないでおくか。

「それじゃあ……毒薬以外の装備一式で……端数は切り上げて十二万二千五百Gになるけど、それで良い？」

「はい」

おお……大金だ。あのPKども、結構良い物使ってたんだね。連中の所持金が三人分合わせて十三万弱だったから、今日だけで二十五万近い資金が手に入った訳だ。ゲーム開始時の所持金千Gとは、天と地ほどの開きがあるよね。

……やっぱりPKって、美味しい獲物だよねぇ……。

・・・・・・・・

「……あぁ、お前が殺し屋——お前たちがPKとか呼んでいるやつら——を返り討ちにしたのは解った。ギルドカードの記録にもあるしな」

冒険者ギルドに薬草を届けて依頼完了の手続きを終えた後で、PKから取り上げた毒瓶の処分について職員の人に尋ねたところ、なぜかギルドマスターの部屋に連れていかれた。その部屋で、僕は今ギルドマスターと面談していた。

「で、こいつはその殺し屋連中から取り上げたって言うんだな？」

「はい。何か問題でも？」

「大ありだ。こいつぁ本来なら、王城の奥にでもしまい込まれていなくちゃならんような危険物なんだ。まったく、『異邦人』ってなぁ厄介な連中だぜ……」

そう言うと、ギルドマスターは気が付いたように僕の方を向いた。

「そういやぁお前も『異邦人』だったな。気を悪くしたんなら謝る」

「いえ。同郷の者がご迷惑をおかけして、申し訳ありません」

「いや、まぁ……今のところこっちの連中が毒にやられたってなぁ聞いて無ぇから良いんだが……。それより、こいつぁギルドの方に処分を任せてもらえるんだな？」

「はい。どうせ僕の手には余るようですし」

「助かる。代わりと言っちゃ何だが、依頼達成の考課にゃちょいとばかり色を付けておこう」

おぉ……ありがたい話だね。

「しかし、見れば薬草の採集ばかり請け負っているみてぇだが……ギルドとしちゃあ、お前みてぇに活きの良いのには討伐依頼を受けてほしいとこなんだが……」

「あ〜、ちょっと特殊な事情がありまして、基礎的なスキルを全く取れていないんですよ。なので、そっちがどうにかなるまでは、無理をしたくないんです」

「何だ、訳ありか？　まぁ、そういう事なら無理強いはしねぇが」

「あはは、すみません」

ＰＫ職専用掲示板

１：無名のＰＫ
ここはＰＫ職専用の掲示板だ。お互い暇じゃないんだから、下らないお喋りなんかじゃなく、必要な情報だけ上げてくれ。
次スレは＞＞９５０を踏んだやつが立ててくれ。

ーーーーーーーーーーー

５８１：死に戻ったＰＫ
ヤバいかもしれん相手の情報。トンの町の北のフィールドで、ガッツを殺ったってガキを三人で襲ったんだが、何が起きたかわからんうちに三人とも死に戻った。装備と所持金の全て、ついでにスキルを一つ失った

５８２：無名のＰＫ
はあ？　頭湧いてんじゃねぇのか？

５８３：無名のＰＫ
役に立つ情報が無いな

５８４：無名のＰＫ
＞＞５８１−５８３
すまんが、俺も５８２と５８３に同意したい。５８１、何があった？

５８５：死に戻ったＰＫ
問題のガキをとっておきの毒矢で射殺したと思ったんだが、確かめようとしたらいきなり後ろから殺された。相手を見る暇もなかったけど、多分人間。殺したはずのガキなのか、別の人間なのかは不明。ただ、死に戻った時に俺たち以外のプレイヤーはいなかったから、ガキは死んでないと思う

５８６：無名のＰＫ
＞＞５８５
結局、誰かに殺された以上の内容が無いな

５８７：無名のＰＫ
＞＞５８１
装備を失ったというのは？

５８８：死に戻ったＰＫ
三人とも、死に戻った時点で装備一式と所持金が丸ごとなくなっていた。それと、持っていたスキルのうち、レアスキルが一つなくなっていた。レアスキルを持っていない奴は、レアでないスキルが一つ消えていた

５８９：無名のＰＫ
＞＞５８８
このゲームの仕様では、死に戻りは所持金の三割と、バッグなどに収納していなかったものを失うだけのはずだぞ？

５９０：無名のＰＫ
>>５８８－５８９
ステータスはどうなっている？

５９１：死に戻ったＰＫ
>>５９０
いつもどおり半減してる

５９２：無名のＰＫ
結局、そのガキが何かしたって事なん？

５９３：無名のＰＫ
>>５９２
その可能性が高い……が、断定はできん。場所と時間帯を確認したいが？

５９４：死に戻ったＰＫ
場所はさっきも言ったがトンの町の北のフィールド。時間帯はゲーム内時間で本日の午前十時過ぎ。金も装備もなくしたから、拠点に戻るのに時間がかかった

５９５：無名のＰＫ
その同じ場所、もしくは時間帯にＰＫをやったやつはいるか？

５９６：無名のＰＫ
北のフィールドに行くやつなんかいねぇだろ

５９７：無名のＰＫ
十二時頃、トンからナンへの街道で一人狩ったけど、何もなかった

５９８：無名のＰＫ
やっぱりそのガキのせいか？

５９９：無名のＰＫ
ＰＫ対象のイベントって可能性は？

６００：無名のＰＫ
ここの運営は曲者だからなぁ……

６０１：無名のＰＫ
>>５９９
無いとは言えんな

６０２：無名のＰＫ
しかし、そのガキのせいって可能性が一番高いだろ

６０３：無名のＰＫ
けど、どんなスキルなんだ？

６０４：無名のＰＫ

このゲーム、ＰＫＫ職は確認されていたか？

６０５：無名のＰＫ
盗賊……とか？

６０６：無名のＰＫ
＞＞６０４
まだＰＫＫ職は確認されていない……はずだ
＞＞６０５
盗賊の可能性は捨て切れんが……手口が違わないか？

６０７：死に戻ったＰＫ
＞＞６０３
ＰＫＫ職の固有スキルか？

６０８：無名のＰＫ
＞＞６０４，６０７
待て。まだ転職は始まっていないはずだ。どうやったらＰＫＫ職に就けるんだ？

６０９：無名のＰＫ
……ＰＫを返り討ちにする？

６１０：無名のＰＫ
それだったら、もうとっくにＰＫＫ職が出現してなきゃおかしいだろ

６１１：無名のＰＫ
＞＞６１０
……ＰＫをたくさん返り討ちにする？

６１２：無名のＰＫ
そんな凄腕いたか？

……

この日、ＰＫ職専用掲示板は遅くまで賑わっていた。

4．攻略パーティ「黙示録（アポカリプス）」

ギルドで手続きを済ませてもまだ昼過ぎ。一日の稼ぎとしては充分だけど、まだお日様が高いうちから怠けるのも気が引けるし、昼食を食べてからもう一働きしよう。

そう思って食堂兼酒場に来てみたんだけど……なぜかお客さんたちが皆、一斉に顔を背（そむ）けた。別に威嚇（いかく）している訳じゃないんだけどな……親愛の情を込めて挨拶ぐらいしたいんだけど……全員固まったように動かない。

……追加収入は無しか……なんて事は考えてないよ？

滞りなく——給仕の女の子はなぜか涙目で膝が震えてたけど——食事を済ませた僕は、東のフィールドに来ている。城壁からそう離れていない場所に、ワンランク上の薬草が生えていると聞いて、採りに来たんだ。今の僕なら、強いモンスターに出くわしても——走って逃げるくらいはできると思うんだ。さっき確認してみたんだけど、新しくＰＫたちから貰ったスキルは警戒に役立ちそうなものばかりだったしね。

薬草を見つけて丁寧に採集していると、どこからか戦闘中らしき物音が聞こえてきた。こっそり様子を窺（うかが）うと……冒険者のパーティがモンスターを狩っていた。大きな熊さんだ……ギャンビットグリズリーってやつかな？　かなり強いモンスターのはずだけど……危なげ無く闘ってるなぁ。

少し興味を覚えて、戦いの様子が能（よ）く見える位置に移動した。壁役が盾と火魔法を上手（うま）く使ってヘイトを稼ぎ、その隙を衝（つ）いて大剣使いが一気に詰め寄って叩き斬る……上手（うま）いな、あの剣士の人。

スキルを上手（じょうず）に使ってるんだろうなぁ。僕もああいうのに憧れてたんだけど……今のスキル構成じゃなぁ。……あ、熊さんふらふらだ。魔法使いが……あれは闇魔法かな？　熊さんを束縛しているところに……あ、大剣使いの人が首を斬り落とした……終わりだな。

パーティの人たちが勝利を喜んでいるのを眺めていると、ポーンという電子音が聞こえてきた。

何だろ？

……え？　……えぇ!?　……どういう事？？

・・・・・・・

攻略パーティ「黙示録（アポカリプス）」の面々は、無事に強モンスターを討伐できた事で上機嫌であった。ドロップ品も——レアドロップの胆石こそ無いものの——上々の品質であり、収入の点でも大いに潤った。何よりギャンビットグリズリーはBランク推奨のモンスターであり、それを斃したという実績は、現在Cランクの自分たちがランクアップするのに、大いに寄与してくれるはずだ。

だから、その少年がおずおずと声をかけてきた時にも、穏やかな心で好意的に対応する事ができた——パーティの誰一人として気付かぬうちに接近された事が気にならないくらいに。

「あ、あのぅ……」

「うん？　どうしたね？　少年」

「多分……これって皆さんのものだと思うんですけど……」

しかし、彼らのゆとりも、少年が差し出したものを見るまでだった——特大サイズのギャンビットグリズリーの胆石を。

「ちょっ！　何よ!?　それ！」

「はぁぁっ!? 胆石か!?」

「おまっ！ どうやってそれを!?」

食い付かんばかりの剣幕に怯んだ様子を見せる少年を見て、ようやく自分を省みる余裕を取り戻した「黙示録」のリーダー、ケイン。

「落ち着け！ その子が怯えるだろう！」

リーダーの一喝で我に返る「黙示録」の面々。彼らの頭が冷えたのを確認して、ケインは少年に問いかける。

「仲間が不作法な真似をしてすまなかった。自分は『黙示録』のリーダーを務めるケインという。好かったら君の名前と、この胆石の事を聞きたいんだが？」

理性的な相手のようでほっとしたシュウイは質問に答える。

「あ、僕は駆け出しの冒険者で、シュウイといいます。これは多分そちらのパーティのドロップ品が、間違って僕のところへ来たんだと思います」

「はぁっっ!? ドロップ品が間違ったところへ行くなんざ、ある訳……」

「落ち着けダニエル！ ここは私に任せろ！」

再び喚きだしたパーティメンバーを恫喝……いや一喝したケインが、再びシュウイに向き直る。

「重ね重ねすまない。だが、自分も同じ事を訊きたい。ドロップ品が間違ったところへ落ちるなどという事は無いはずだが？」

「あの……ちょっと変わったスキルを持ってるんです。【落とし物】っていって、落とし物を拾い易くなるスキルなんです。だから多分、そちらに落ちるはずのドロップ品を拾ったんだと……」

シュウイの告白に呆然とする一同。そんな事があり得るのか？ いや、実際に起きたんだからあり得るんだろうが、自分たちはそのドロップ品に

対して権利を主張できるのか？　一応全員がドロップを得ているのに？

　硬直が解けた一同が急遽協議するも、一旦ドロップしたものを取り上げるのは筋が通らないだろうという結論に達する。

「でも、何もしてない僕が貰うのはもっとおかしいですよ？」

　それもそうかと再び困惑する一同。いっそ運営に裁可を丸投げしてやろうかと思い始めたところで、大剣使いのヨハネが問いを発する――いや、爆弾を放り込む。

「……一つ訊きたいんだけど、君が傍にいればドロップ品が増えるのかい？」

「そちらのドロップが減っていないんなら、そうなのかもしれません」

　シュウイの回答を聞いて俄に色めき立つ一同。

上等のドロップ品が増えるだと？　そんな美味しい話を放ってはおけない。

「よし。シュウイ君と言ったね。しばらく自分たちに付き合ってくれないだろうか。君には極力危険が及ばないようにするので、どうかお願いする」

「あ、はい。僕は構いません」

・・・・・・・

　攻略パーティ「黙示録」は、その日、空前の盛り上がりを見せていた。このゲームではパーティは六人までとなっているので、空き枠に臨時メンバーとしてシュウイが入っている。

「ひゃっはー！　マーブルボアの背骨なんてドロップ、初めて見たぜ！」

「レア度７!?　そんなものがあるなんて……」

「おおっ！　レッドタイガーの毛皮が二枚も！」

「それも特大サイズだぞ⁉」

「嘘だろう……こりゃ、掲示板が荒れるぞ」

「くれぐれも言っておくが、シュウイ少年の事は極秘だからな」

「解ってるわよ」


「……ねぇ、シュウイ君、さっきゴブリンキングが盛大にすっ転んだのって……」

「あ、僕のスキルです。【土転び】っていう。今の僕のレベルだと、大した威力は無いはずなんですけど……上手く決まってくれました」

「変なスキルばかり持ってんな……」

「いや、それよりも、ドロップ品は何だい？」

「え～と……あ、『ゴブリンキングの睾丸』『ゴブリンキングの肝臓』『ゴブリンキングの尿道結石』『ゴブリンキングの胆石』の四つみたいです」

「尿道結石って……初耳なんだけど……」

「椀飯振る舞い（おうばんぶるまい）にも程があるだろう……」

・・・・・・・・

日が暮れかかろうとする頃、正気に戻った攻略パーティ「黙示録（アポカリプス）」のメンバーは、深刻な表情で頭を抱えていた。

どうやっても言い抜けできないほどの、レア素材の山を前にして。


「参ったわね……つい調子に乗り過ぎたわ……」

「どうするよ……これ」

「……捨てて行く訳にもいかんだろう……持ち帰るしか無い」

「持ち帰った時点で大騒ぎだぞ？　到底シュウイ少年の事を隠しきれない」

「……しまっておいて小出しに換金すれば？」

「現実的にはそれしか無いだろうが……」

「それでも、レア素材を立て続けに持ち込めば注意を引くわよね……」

「だったら、別の町に持って行って換金するのは駄目ですか？」

　シュウイの提案に考え込む「黙示録（アポカリプス）」の面々。

「……そうだな。それなら多少は誤魔化（ごまか）せるかもしれん」

「エレミヤのアイテムボックスにしまい込んでおけば劣化はしないし、隠してもおけるよな」

「ここでは今日と明日の二回に分けて換金して、それからナンの町へ出かけよう」

「それで……シュウイ君、できたら君にも同行してもらいたいんだが」

「僕ですか？」

「そりゃ、何たってこのドロップ品を稼いだ立役者だし」

「君を含めた全員で売却益を分配しようと思っていたんだが、とてもじゃないが、こんな高級品の代金を立て替えるほどの持ち合わせが無いのだよ」

「できたら一緒に行ってほしいんだけど……どうかしら？」

「君のスキルにも興味があるしね」

「エレミヤ、他人のスキルを探るのはマナー違反だぞ」

「いや、言ってみただけですって」

　シュウイは考える。どうせいつまでもこのスキル、「スキルコレクター」の事を隠しおおせるとは思えない。ならば、信用のおけそうなこの人たちに相談に乗ってもらうのが良いかもしれない……。

「解りました。ご迷惑でなければ連れて行って下さい」

　そう答えると、ケインは明らかにほっとした様子で……

「それでは明日、冒険者ギルドで会おう。そこで用事を済ませてから、ナンの町へ向かうので、準備をしておいてくれ」

「はい。よろしくお願いします」

――――――――

《シュウイのスキル一覧》

レベル：種族レベル2
スキル：【しゃっくり　Lv2】【地味　Lv2】【迷子　Lv0】【腹話術　Lv3】【解体　Lv4】【落とし物　Lv5】【べとべとさん　Lv2】【虫の知らせ　Lv1】【嗅覚強化　Lv1】【気配察知　Lv1】【土転び　Lv1】【通臂　Lv1】【腋臭　Lv1】
ユニークスキル：【スキルコレクター　Lv2】

◆第四章　運営管理室

「嘘だろ……」

SRO（スロウ）運営管理室では、一人のスタッフがログを見ながら呆（ほう）けていた。それを見た年長の男――責任者のようだ――が声をかける。

「どうした？」

「あ……木檜（こぐれ）さん、キルされたPKが装備品と所持金の全てを失いました……」

「何？　……バグか？」

「いえ、バグならまだ良いんですが……例の『スキルコレクター』です」

「何？　『スキルコレクター』にそんな効果があったか？」

「いえ、彼がPK三人をキルして……まぁ、これも充分異常なんですが、キルされたPKはデスペナで所持金の三分の一を、【解体】と【落とし物】で残り三分の一ずつを奪われて、所持金ゼロとなったようです。所持アイテムの方はもっと酷（ひど）い。【解体】の効果でアイテムバッグもろとも所有権を引き剥がされ、【落とし物】がドロップ品扱いに設定して……結果、所持金も所持品も根こそぎです」

「何とまぁ……」

　この頃には他のスタッフも何かあったらしいと悟って集まって来ていた。その中の一人が、最初のスタッフに声をかける。

「中嶌（なかじま）、『スキルコレクター』の彼はどうやってPKを三人もキルできたんだ？　戦闘スキルは持ってないんだろ？」

「ええ。けど、パーソナルスキルが桁違いに高い。多分リアルで何か武道をやってるか……喧嘩の場数を踏んでるんだと思います」


両方である。


「記録は撮ってるか？　モニターに映してくれ……良いですよね？　木檜さん」

「ああ。俺も興味がある。中嶌、やってくれ」

「はい」


こうして、問題の殺戮シーンがモニターに再現された。


「【地味】【腹話術】【べとべとさん】……マイナースキルをよくもまぁ使いこなすもんだ……」

「てか、あれ絶対武術か何かやってるだろ」

「ステータスアップの効果もあるんだろうが……一撃で頭蓋骨が陥没したぞ……」

「首の折り方、妙に手慣れてませんでした？」


冷静にモニター画面を眺めていた責任者——木檜と呼ばれた男性は、おもむろに全員を見渡して口を開く。


「さて、彼のパーソナルスキルについては、運営としては何も言う事はできない。問題は【解体】と【落とし物】の相乗効果だ」

「もし彼がＰＫに悪堕ちしたら、酷い事になりますよ」

「普通に狩りしても問題だろ。モンスタードロップが根こそぎにされるぞ」

「あの……既にされてるようです」


中嶌と呼ばれた若いスタッフの声に、一同が振り返る。

「どういう事だ？」

「これ……同じ日の北フィールドの狩猟記録なんですけど……」

「はぁ⁉」

「何だこれは！」

「あり得ねぇ……」

「ドロップ品、根こそぎじゃねぇか……」


　全員が呆然とする中で、木檜と呼ばれた男性が独り満足げに頷(うなず)いていた。

「【落とし物】の効果がここまでとは思わなかったな」

「どうします、木檜さん。修正を入れますか？」

「大楽(たいら)、運営が度々修正を入れてたらユーザーからの信頼を失うと、以前から言ってるだろう？」

「し、しかし、これはいくら何でも……」

「俺の判断としては、このままで良いと思う。彼は我々の予想以上の『トリックスター』のようだ。きっと面白い事をやらかしてくれるぞ」

「じゃぁ、このまま放置ですか」

「今のところはな。何かあったら、またその時考えよう。この少年を重要監視対象に指定しておけよ。俺は一応上の方に報告してくる」

・・・・・・・

「そうか……『トリックスター』がね……」

「ええ、我々の予想を上回る逸材のようです」

「予想より大分早いが……大丈夫かね」

「そのために充分な時間をかけて舞台(SRO)を組んであるんです。もっとも、そういう予測を覆すのが『トリックスター』なんでしょうが……」

「では、そのプレイヤーの追跡はよろしく頼むよ。それと……そのプレイヤーとの接触(コンタクト)はどうするね？」

「現状では考えていません。『スキルコレクター』について説明する必要が生じてからで良いかと思います」

「わかった。その件についても一任する。くれぐれもよろしく」

「はい」

挿話　スキル余話～【迷子】（その1）～

「【迷子】ねぇ……」
「名前からしてヤバそうだし、迂闊に触りたくないんだよ。けど、放っておいてスキルが暴発するのも困るし……」
「気持ちは解るけどな、蒐。俺だって何でも知ってる訳じゃないぞ？」

土曜の夜、SROからログアウトした蒐一は、電話で匠と話していた。明日観に行く映画の打ち合わせのつもりであったが、話のついでにと蒐一が、最近とみに気になり始めた事について、匠に相談を持ちかけたのである。蒐一が気にしているのは、SRO開始早々に拾った謎スキル【迷子】の事であった。

開始からしばらくは無我夢中でゲームに没入していたが、数日経って自分の置かれた状況を冷静に見据える余裕が出てくると……件のスキルが途轍もなく物騒な地雷スキルのように思えてきたのだ。

スキル弱者を自認している蒐一としては、こんな剣呑なスキルはさっさと処分してしまいたい。しかし、ユニークスキルの効果でそれができぬとあらば、せめて事故が起きぬよう封印したい。そう考えたのも無理からぬ事であった。

だが匠の答えは、蒐一の切なる希望が叶えられるのは難しい事を示唆していた。

「……【迷子】の事は俺も能く知らんから、あくまでも一般的な話と思って聞けよ？　まず、スキル発動させたくない場合は、控えに廻すという手がある……が、蒐にはそれができないんだよな？」

力無く何か呟いて、匠の言葉を肯定する蒐一。

「……だったら次、捨てる事も控えに廻す事もできないなら、スキルの発動条件を調べて、発動するような状況を回避する」

「発動条件？」

「あぁ。各スキルのヘルプを読めば載ってる。ただ、SRO（スロウ）の仕様だと、ヘルプファイルを読むためには最低一回でもスキルを起動して、レベル1にしなくちゃならない」

「……それが嫌（や）だから、匠に相談してんじゃないか……」

　うんざりした様子で匠に抗議する蒐一。

「あとは……蒐がやってるように、一回も起動させずにレベル0のままにしておくのも手だけど……パッシブなスキルだと、何かの弾みに勝手に起動する事があるからなぁ……」

「パッシブ？」

「あぁ。スキルがパッシブかアクティブかが判るだけでも、大分対処が楽になるな」

「そうじゃなくて……匠、そもそもパッシブとかアクティブって、何なのさ？」

　蒐一の素朴な疑問に、匠は虚を衝かれたように押し黙った。

「……知らなかったか？　すまん。アクティブなスキルっていうのは、つまり、プレイヤーがそのスキルを使おうとした時だけ発動するスキルの事だ。対してパッシブスキルはその逆で、何もしなくても常にその効果が現れるスキルの事だな」

「それってつまり……もしこの【迷子】がパッシブスキルだったら、僕にその気が無くても、勝手に迷子にさせられるって事？」

「そういう事だな」

　冗談じゃない。そんな迷惑なスキルを押し付けられて堪るものか。

「ただ、探知系とかのスキルと違って、持ち主を〝迷子にする〟スキルだからな。仮にパッシブだとしても、実際の発動には何かの切っ掛け（トリガー）が必要なんじゃないか？」

　でなきゃ、四六時中迷子になってなきゃいかんだろ、という匠の指摘は、蒐一にとっては納得できるものであると同時に、闇の中の一筋の光明（こうみょう）のようにも思えた。

「まぁ、この件については茜（あかね）や要（かなめ）の意見も聴いてみようぜ」

「解った。茜ちゃんと要ちゃんには僕の方から電話……じゃなくてメールを送っとくよ。もう夜も遅いしね」

◆第五章　市内（日曜日）

1．とある喫茶店

僕と匠と茜ちゃんの三人は、誘い合わせて観に来た映画の上映時間を待つ間に、喫茶店で軽食とSRO（スロウ）の話を楽しんでいた。本当はもう一人、要ちゃんっていう幼馴染みの女の子がいるんだけど、委員会の用事があって来れないと連絡があったみたいだ。大変だよね。

「はぁっ!?　身ぐるみ剝いで死に戻らせた……って、どういう事だよ!?」

「あれ？　死に戻りって、そうじゃないの？」

「んな訳あるか。SRO（スロウ）のデスペナは、一時的なステータスの半減、所持金の三割没収、未収納アイテムの没収、の三つだぞ」

「所持金と所持アイテムの全没収というのは、さすがに過酷だよ～」

「あれ？　じゃあ、ＰＫ限定の制裁措置？」

「……可能性が無い訳じゃないが……」

「素直に蒐君のせいだと認めたら？」

「何でだよ!?　【山賊】なんてスキル、持ってないよ！」

「いや……【落とし物】ってスキルのせいじゃないのか？」

「それを言うなら【解体】だって怪しいよね」

事実は【落とし物】と【解体】の相乗効果である。

「ま、蒐が原因なのは確定な訳だが……」

「いつ確定したのさ!?」

「問題は、運営がこれをどう考えてるかだな」

「どういう事？　匠君」

「いや、バランスブレイカー過ぎるだろ、どう考えても」

「う～ん、でもそれって、蒐君だったからじゃないかな？」

「どういう意味さ!?」

「あ～……確かに普通のプレイヤーなら……」

「僕は普通だよ！」

「茜～、『微笑みの悪魔』が何か言ってるぞ？」

「？　※＃￥ッ!?＊っ♭っ！　＄＆！§？　仝@！　ッ!!」

「はいはい、落ち着いてね、蒐君」

「ま、とにかく普通のプレイヤーなら、ＰＫ三人をパーソナルスキルだけで瞬殺なんかしないだろうから、運営側の想定を外したって事はあるな」

「……運営の想定って何さ？」

「お、復活したな。多分だが、ユニークスキルのデメリットで序盤にもたつくのを、ステータスアップで相殺させるつもりだったんじゃないか。少なくとも、序盤からここまでカッ飛ばすとは想定してなかったと思う」

「……ねぇ、匠君、運営さんはなぜこんなスキルを創ったのかな？」

「あの運営だし、面白半分じゃないか……って思えるんだが、残り半分はネタキャラというか……」

「ネタキャラ!?」

「あ～、いや、言い方が悪かった。トリックスターとでも言えば良いのかな。多分、運営側が設定したストーリー展開を引っかき回して、新しい流れを創る事を期待してるんじゃないかと思うんだが」


「トリックスター」について運営側は一切の情報を公表していない。だが、奇しくも匠は、運営側の意図をほぼ完全に言い当てていた。

「そっか。蒐君にぴったりの役割だね」

「……どういう意味かな？　茜ちゃん」

「ま、SRO（スロウ）の運営だからな。定番どおりの事はやってこないだろ」

「βの時も酷かったよね～……」

　茜の発言を詰問しようとしていた蒐一だが、βの時の一件とやらが気になって、追及の手を休める事にする。

「……どういう事？」

「あ～、βテストの時な、レイドイベントのボスが他の町に逃げ出す騒ぎがあったんだよ」

「……え？　イベントボスってそうなの？」

「普通は違うな」

「動物でも魔物でも、危険が迫ったら逃げるのが当たり前って、後になって運営からの説明があったんだけど……」

「ボスが逃げ出したのに、イベントが終わらないからおかしいとは思ってたんだが……」

「プレイヤーは総出でイベントにかかってたから、逃げた先の町には誰もいなくって……」

「その町が壊滅してイベント失敗」

「掲示板、荒れたよね～」

「それは……何と言うか……」

「でもまぁ、そんな運営だし」

「このゲーム、自由度が高そうだしな。ある程度の予想外は予想のうちなんだろうさ」

「じゃぁ、僕、今のままで良いのかな？」

「ま、やらかし過ぎたら運営が何か言ってくると思うぞ」

「もっとやれ、とか？」

「あの運営なら、茜の言う展開もあり得るな」

　そうなの!?

「あ、そろそろ行った方が良いんじゃない」

「おし。続きは映画の後にしようぜ」

2. 別の喫茶店

映画の後に適当に入った喫茶店で話し込んでいる蒐一たち。話題は当然観たばかりの映画の内容……ではなく、SRO内での蒐一の武勇伝である。映画の立場が無いというか、すっかりゲーム廃人になりかかっている三人組であった。


「え？　蒐君、ケインさんたちと知り合ったの？」

「うん。知ってるの？　茜ちゃん」

「いや、SRO内じゃ知らないやつの方が珍しいと思うぞ。攻略トップの一角だ」

「あ～、確かに強かったよ……僕もあんな風にプレイしたかったんだけど……」

「ま、まぁ、蒐君は素で強いから良いんじゃない」

「で、どうやって知り合ったんだよ」

「うん。僕のアイテムバッグに、ケインさんたちのドロップ品が間違って落ちてきて……」

「……ちょい待ってくれ……ドロップって間違って落ちるもんなのか？」

「多分、【落とし物】のせいだと思うんだよね」


そこから蒐一はケインたちとの顚末を二人に説明していった。話が進むに連れて、友人二人の表情が微妙なものに変わっていく。


「やっぱり蒐は蒐だよな……」

「どういう意味？」

「運営さんたち、頭を抱えてるんじゃない？」

「俺でも抱えるわ……てか、これ絶対にまずいだろ」

「うん。ケインさんたちも頭を抱えてた」

「運営さんから何か言ってくるかな？」

「さぁな。それこそ、その時になってみなきゃ判らんだろ」

「……やっぱり、蒐君のスキルは秘密にしておかなきゃだよね？」

「あぁ。ケインさんなら問題無いけどな。あの人は面倒見が良いから」

「蒐君、ケインさんたちの言う事をちゃんと聞いて、良い子にしてなきゃ駄目だよ？」

「子供扱いしないでよ、茜ちゃん……」

「で、蒐はナンの町に行くのか？」

「うん。明日ログインして、冒険者ギルドで待ち合わせ」

「あたしたちもナンの町にいるから、向こうで会えるかもしれないね」

「あ、でも、ナンの町には素材を売りに行くんだよな？」

「うん。ケインさんたちはそのつもり」

「あ～、じゃぁ、ナンの町でも騒ぎになるかもしれないね～」

「掲示板で結構話題になってたからな……」

「えっと……僕、目立つかな？」

「『黙示録（アポカリプス）』のメンバーと一緒にいたら、多分な。ただでさえ『黙示録（アポカリプス）』はレア素材の件で注目されてるだろうから」

「ナンの町に来るのに偶々（たまたま）一緒してもらった、で良いんじゃない？」

「いや……そもそも冒険者ギルドで待ち合わせだし……偶然会ったたっていうのは」

「『惨劇の貴公子』と『黙示録（アポカリプス）』の揃い踏みかぁ……」

「諦めるしかないな……」

「正当防衛なのに……」

　過剰防衛じゃないのか、と友人二人は思ったが、口には出さなかった。

3．スキル余話～【迷子】（その2）～

「【迷子】の事だけど、カナちゃんが聞いた事があるって」

蒐一の近況についての話が終わったところで、茜が二人にそう告げた。


「本当!?」

「さすが要だな」

「あ～、けど、ご期待に添えるような内容じゃないらしいよ」

運営が初期に公表したSRO（スロウ）の紹介映像の中に、名前だけ出てくるスキルなのだという。公式な映像なので存在するのは――少なくとも開発初期に存在したのは――確実ながら、βテストでも商用公開版でも確認されておらず、幻のスキル扱いされているという。

「ネッシーか雪男みたいだな……」

「『スキル界のツチノコ』と言われてるんだって。噂だけで誰も見た事が無いから」

自分の窮状を救う役には立ちそうもない事を悟って、がっくりと項垂（うなだ）れる蒐一。

「ほらほら蒐君、落ち込んでないで」

「今は前向きに対策を検討しないとな」

「……うん、ありがと、二人とも……」


「昨日も蒐一に言ったんだけどな、まずはこのスキルがアクティブなのかパッシブなのか、そこから考えるのが良いと思う」

「うん、それで良いんじゃない？」

「でだ、もしもこれがパッシブなスキルだとすると、プレイヤー側にはデメリットしか無い。あの運営がそんなスキルを創るか？」

「けど匠君、それはアクティブでも同じ事じゃないかな？　アクティブだと何か変わるかなぁ？」

「少なくとも、発動のタイミングは自分で決められるだろ？」

自信無げな匠に懐疑的な茜。考え込んだ二人に向かって、蒐一は自分の疑問を投げかける。

「そもそもさぁ、デメリットしかないようなスキルって誰得なの？　普通のプレイヤーは即行で捨てそうだけど、廃人さんたちは違うの？」

今まで蒐一が拾ったスキルは、微妙な部分はあるにせよ、それぞれ何かの役に立っていた。しかし、この【迷子】については、どう考えてもプレイヤーのメリットが想像できそうにない。

「言われてみれば、そうだな……」

「アクティブでもパッシブでも、メリットがあるようには思えないよね～」

「だよね？」

三者三様に首を傾げていたところで一つの解を見いだしたのは、直感力には優れている茜であった。

「あ、追っ手を撒いたりはできるかな？」

「追っ手を撒く？」

「うん。自分でもどこに行くのか解ってなかったら、追いかけてる方はもっと解らないんじゃない？」

「なるほど……」

確かにそういう使い方はできるかもしれない。

「……だとすると、このスキルはやっぱりアクティブスキルって事になるのか？」

「運営の狙いが茜ちゃんの言うとおりなら……」

「他に使い途も思い付かんしなぁ……」

「けど、言い出しといて何だけど、ここの運営さんってそんなに単純かな？」

「徹底的に捻くれてっからなぁ……」

今一つ油断できないような気がするが、とりあえずは何も弄くらずに、様子を見るのがベストだろうという結論に落ち着いた。

「蒐、【迷子】ってのはユニークスキルじゃないんだよな？」

「普通のスキル欄に並んでるよ。レアだとは思うけど」

「だったら、蒐以外にも拾ったやつがいるかもしれねぇから、掲示板とかをチェックしておくか。知り合いに訊き込む手もあるが、あまり派手にやると、誰が持ってんのかという話になりそうだからなぁ……」

「あたしたちもそれとなく訊き込んでみようか。今もトンの町にいる蒐君よりは、知り合いも多いだろうし」

「ご面倒をおかけします……」

◆第六章　ナンの町へ

1．ナントの道具屋

　翌日、シュウイが冒険者ギルドを訪れると、ギルドの前に佇(たたず)むベル・ヨハネ・ダニエルの姿が見えた。

「お早うございます」

「「お早う」」

「あれ？　ケインさんとエレミヤさんはまだですか？」

　邪気の無いシュウイの質問には、これも邪気の無い笑顔でベルが答える。

「二人なら買い取り所よ……素材の換金で」

「あ、あはは、ご迷惑をおかけします」

　シュウイが引き攣ったような笑いを浮かべていると、ギルドのドアが開いて、当のケインとエレミヤが出て来る。

「やあ、シュウイ少年、お早う」

「お早うございます」

「早くから悪いね」

「いえ。換金は済んだんですか？」

「ああ、無事……というか、一応終わった」

「凄く追及されたけどね……」

「あ、やっぱり……」

「ま、それは後だ。シュウイ君は準備は？」

「あ、どうやって行くのか判らなかったので、一応持てるものだけ」

　シュウイの答えに、他の皆はしまったという顔をした。

「申し訳無い、説明しそびれていたな」

「途中のイーファンまでは乗合馬車で六時間くら

い。そこで食糧と水を補給して、後は徒歩ね。イーファンで一泊して、明け方に出る馬車を使う手もあるけど、私たち冒険者は狩りをするのも目的の一つだから、森の中で野営する事になるわ」

「まぁ……今回は必ずしも狩りをする必要は無いんだが、レベル上げも兼ねてな」

「シュウイ少年はどうする？　イーファンで一泊して馬車で行くかい？」


うーんとシュウイは考える。自分のスキル構成だと、野営などいつできるようになるか判らない。なら、こんなチャンスを逃す手は無い。

「ご迷惑でなければご一緒させて下さい。……あ、でも、野営道具なんか持ってない……」

「いや、大丈夫。まだ時間はあるから、シュウイ少年さえ好かったら買いに行こう」


ケインの一声で全員がぞろぞろと道具屋に向かう。行った先はシュウイも知っている「ナントの道具屋」だった。

「あ、ナントさんのお店なんですね」

「おや、知ってるのかい？」

「えぇ、ちょっと装備品を買い取ってもらった事があるので」


ノービスが装備品を売るというのはどういう事かと一瞬不思議そうな顔をした一同だったが、どうせ【落とし物】絡みだろうと見当を付けて、それ以上の追及をやめる「黙示録（アポカリプス）」の面々。そのまま流れるように店内に入って行く。


「いらっしゃ……おや、君か。また何か戦利品かな？」

「あはは。いえ、今日は道具を買いに」

「元気そうだな、ナント」

「おやおや、トッププレイヤーがこんな場末の店にお越しとは。珍しい事も……はは ぁ、シュウイ君の付き添いかね」

「そういう事だ。野営用の個人装備を一揃い見せてくれ」

それから「黙示録（アポカリプス）」の面々とナントの間で相談が始まり、購入すべき装備がさくさくと決まっていく――シュウイを置き去りにして。そして肝心のシュウイはというと……


（楽だなぁ♪）

自分で頭を悩ます必要が無いため、嬉々（きき）としてその状況を見守っていた。


「こっちで勝手に決めちゃったけど、これで良いかい？」

「はい。あ、そうだ、ナントさん、この剣って引き取ってもらえます？」

そう言ってシュウイが差し出したのは初期装備の剣であった。

「うん？　まぁ、一応引き取れるけど、好いのかい？」

「はい。剣のスキルを持ってませんし、スキル無しで上手く扱える気がしませんから」

シュウイこと巧力蒐一（くぬぎしゅういち）は、祖父から歌枕流（かつらぎりゅう）という古武術を習っているが、そこで身につけた刀の術理は西洋の剣とは異なっており、上手く使える自信が無かった。なので思い切り良く売り飛ばそうとしたのだが……

「いやちょっと待って。代わりの武器はどうするつもり？」

「ええと……ちょっと訳ありで武器スキルを持ってないんですよ。なので、短剣ぐらいで良いかなぁと……」

「いや、いくら何でも短剣だけじゃ駄目だからね」

「なら、クロスボウでも買ってくかい？」


――クロスボウ!?

ナントさんから提案された武器は、僕の予想外のものだった。

「あるんですか？　クロスボウ」

「一応ね。簡単な造りのやつだけど、その分操作も簡単だし、撃つだけなら特にスキルも要(い)らないよ？」

……どうしよう。クロスボウなんて、現実には扱う機会が無いしな。ナントさんの言うとおり、これくらいならスキル無しでも扱えるだろう。遠距離……じゃなくて中距離かな？　とにかく、距離を置いての攻撃手段が手に入るんなら、これは買いかな？

「滑車が無い……コンパウンドボウではないんですね……有効射程は？」

「大体四十メートル強ってとこかね。普通の金属鎧なら貫通するよ」

ナントの台詞(せりふ)にぎょっとする「黙示録(アポカリプス)」の面々。

「矢(ボルト)って、他の町でも手に入りますか？」

「あ～、それがネックだよね。大きな町なら大丈夫だけど……イーファンみたいな小さな宿場町だと無理かなぁ」

「ここに来れば、いつでもボルトは手に入りますか？」

「絶対とは言いにくいけど、一応は伝手(つて)があるから、多分ね」

「じゃあ、買います。ボルトもありったけ下さい」

「毎度～。でも、クロスボウだけで本当に大丈夫かい？」

「う～ん……それじゃあ杖はありますか？　長さは……百三十～百五十センチ、太さは二・五センチ、材質はできるだけ堅めの木で、できたら滑りにくい材質で」

「随分細かな注文だね……ちょっと待ってて」

ナントさんは店の裏手に回ると、何かごそごそと探していたみたいだけど、やがて一本の杖を携えて戻って来た。

「お待たせ。これでどうかな」

太さと堅さは申し分無い。長さは大体百四十センチ。大東流合気武術西郷派や無比無敵流杖術の杖よりも短く、神道夢想流の杖道や合気道の杖よりは長い。サイズの違う杖を何種類も用意するのは、運営側も面倒だったのかな。まぁ、どの流派でも使えると考えるのが前向きだよね。

僕が祖父ちゃんから習った歌枕流は、元は修験者（しゅげんじゃ）の護身術だから、杖の長さや太さは決まってない。手元にある杖を、長いなら長いなりに、短いなら短いなりに工夫して使えと言われた。だから、

「充分です。これを下さい」

他の装備と一緒に支払いを済ませる。所持金が一気に減って少しビビったが、ケインさんの言うには、レア素材の代金として予定されている金額と比較すると問題にならないそうだ。ありがたい。

買った装備をアイテムバッグに収納していく。どう考えても入りそうにない大きさのものがバッグに入るのを見て、今更のようにゲームなんだと思う。杖だけは手に持っておこう。

「……随分さまになってるけど、杖術のスキルでもあるの？」

「いえ、さっきも言いましたけど、戦闘スキルは持ってません」

……そうだね。この人たちなら信用できそうだし、僕の事情を話しておこうか。そう思ったので、キャラクタークリエイトから現在の状況に至るまでを説明しておく。


「……何と言うか……損なのか得なのか判らんスキルだな」

「キャラの作り直しはしないの？」

「それも考えたんですけど、滅多（めった）にプレイできないキャラには違いないし、勿体無（もったいな）いかなって」

「まぁ、少年の事情は解った。我々もできるだけ力になろう」

「だね。もう手付け金を先払いしてもらったようなもんだし」

「エレミヤ……もう少し言い方を考えなさい」

「ま、俺たちゃ一蓮托生（いちれんたくしょう）って訳だ」

「折角のお得意様だし、不利になるような事はし

ないから安心して」

……やっぱり好い人たちだ。

「どうかよろしくお願いします」

2．乗合馬車

　実際の中世の馬車はスプリングが無かったせいで乗り心地が悪かったらしいが、SROの馬車はそんな事は無く、僕たちは快適な馬車の旅を楽しむ事ができた。乗客は僕たち六人に加えて三人。商人だという住民の父娘連れと、生産職のプレイヤーだ。プレイヤーの人はジェクさんという人族の男性で、ナンの町に素材を買いに行くらしい。

「上質の鉄鉱石が出たって聞いたもんでね」

「ジェク殿は鍛冶師なのか？」

「まだ駆け出し……というか見習いだな。だからこうして、ドワーフの親方に使いっ走りをさせられてる訳だ」

「生産関係のスレが結構加速していたけど……」

「あぁ。上手く鉄鉱石が手に入れば、やっと剣が打てる。トンの町で手に入る鉄は質が悪くてね」

「あれ？　でも、鋼鉄の精錬に重要なのは炭素じゃなかったですか？」

　僕がそう訊ねると、ジェクさんはこっちを見て答えてくれた。

「へぇ、詳しいんだね。勿論重要なのは炭素だけど、鉄に不純物が含まれていると、上手く精錬できないんだよ。具体的に言うと砒素だね」

「あ～……亜砒酸ですか？」

「よく知ってるね。そう。トン近辺で採れるのは硫砒鉄鉱が多くてね、鍛冶には向かないのさ」

「……あれ？　だったら今まではどうやって？」

「少しは使える鉄も採れてたんだよ。それがいよいよ採れなくなってね……」

「あ、それでナンの鉄鉱石は渡りに船だったと」

「そういう事さ」

ジェクというプレイヤーとシュウイの間で話が弾む。それを横目に見ながら、「黙示録(アポカリプス)」の面々はひそひそ声で話し込んでいる。

(「なぁ、鉄と炭素がどう関係するんだ?」)

(「確か……炭素の含有量で鋼鉄の硬度か何かが変わったはずだ」)

(「じゃあ、砒素はどうなんだ?」)

(「知らん。亜砒酸がどうとか言ってたぞ」)

(「そう言えば、亜砒焼きって聞いた事があるわね……」)

(「それって、何か鉱毒事件に関係してなかったか?」)


ひそひそと閉鎖的に話し込む「黙示録(アポカリプス)」のメンバーを尻目に、シュウイとジェク氏は、今度は商人の父娘を交えて談笑していた。

「それじゃ、良質の鉄鉱石はナンまで行かなくても手に入るんですか?」

「ええ。必ずしも量は多くありませんが、イーファンでもそれなりに手に入ると思いますよ」

「だったら、イーファンにも鍛冶屋さんがいるんですか?」

「いえいえ。イーファンを経由して、王都であるチュンの都へ運ばれるんですよ。以前はナンから直接チュンに行く道が通じていたんですが、今は山崩れとモンスターのせいで不通になっていましてねぇ……」

さらっと何かのフラグっぽい話が出て来たが、「黙示録(アポカリプス)」の面々は何やら話し込んでいて気が付かない様子。後で自分が伝えれば良いかと、シュウイは放っておく事にする。

「あれ? それじゃあイーファンの町って、結構栄えてるんじゃ?」

「以前に比べれば大分活気づいてきましたね。でも、ナンの町にはまだまだ及びませんけどね」

「へぇぇ～」


乗合馬車の旅は続く。

3．イーファンの宿場

シュウイと「黙示録（アポカリプス）」の一行は、昼頃にイーファンの町に辿（たど）り着いた。ジェク氏および商人の父娘とはここで別れ、一行は食糧その他の補給のために市場へと向かう。

「エレミヤさんが買い出し担当なんですか？」

「そう。僕は【アイテムボックス】を持ってるからね」

「え？　プレイヤーは全員持ってるんじゃ？」

「シュウイ君の言うのはアイテムバッグだろう？　僕のは【アイテムボックス】。収納のスキルだよ」

「そんなスキルがあるんですか!?」

「アイテムバッグより、種類も数も多く収納できるんだよ。レアスキルってほどじゃないけどね」

「役立つスキルであるほど、多くの人間に知られているんだと思います。むしろ、レアスキルは扱いづらい事が多くって……」

「あ、ほらほら、市場に着いたよ」

どよんとしてきたシュウイを励ますように、エレミヤが前方を指差す。珍しい品々と活気に惹（ひ）かれて、シュウイも元気を取り戻した。

「へぇ～……トンの町ほどじゃないにしても、結構賑わってますね」

「そうだね。この前来た時よりも活気があるみたいだ」

「鉄鉱石特需ですかね」

「そうかもね」

話しながら目に付いたものを買っていくエレミヤ。彼の指導を受けながら、個人としても購入しておいた方が良いと言われたものを買っていくシュウイ。他のメンバーは置き去りである。

「……こういう場面では、我々は出る幕が無いな……」

「エレミヤのやつ、いつもより活き活きしてんじゃねぇか？」

「ママ友みたいなものかしらね」

「それよか腹減ったよ……」

「もうしばらく我慢しろ。エレミヤがノリノリだ……」

「何で食い物を前にして空きっ腹を抱えていなきゃならないんだよ。理不尽だ……」

パーティメンバーの怨嗟の呟きを他所に、エレミヤとシュウイの買い物が終わったのは、それから三十分以上経ってからの事だった。

・・・・・・・・

一行はイーファンの宿場にある食堂で昼食を摂っていた。

「あ〜、ようやく飯にありつけたか」

「すみません……」

「シュウイ君のせいじゃないわよ。気にしないで」

そう言いつつ、ベルはテーブルの下でダニエルの足を蹴る。

「痛っ！」

思わず声を上げたダニエルをシュウイが不思議そうに眺めるが、何事も無かったかのようにヨハネが話しかける。

「シュウイ君は何を買ったんだい？」

「あ、はい。エレミヤさんに教えてもらって、日保ちのする食べ物をいくつか」

「うん、アイテムバッグだと劣化はしないけど、やはり生物は重くなるからね」

「はい？」

「おや、シュウイ少年は知らなかったか？　アイテムバッグは種類と品数の制限の他に、収納物の個数が行動能力に反映されるんだ。具体的に言うと、収納物の個数の合計が［種族レベル数×10］の値を超えるごとに、ＡＧＩが1低下する」

「何でもかんでもアイテムバッグに放り込むのは

危険なのよ」

「【アイテムボックス】のスキルには、そんな制約が無いから重宝するね」

「知りませんでした……」

「これって隠し要素だからね。誰かに聞かないと判らないよ」

「掲示板には載ってるけど」

「知らない事って結構あるんですね……。あ、そうだ。乗合馬車の中でNPCの商人さんが話していたのは聞いてました？」

「……いや、聞きそびれたようだが、何か言ってたかな？」

「ナンから直接チュンに行く道が通じていたのが、今は山崩れとモンスターのせいで不通になっている——って話でした。今はイーファンから王都に行ってるとか」

「……初耳だ」

「そんな設定、あったのか……」

「住民（NPC）と話さないと明かされない情報……って事？」

「だろうな……運営も凝った真似を……」

「掲示板に載せる？」

「いや……独占する訳じゃないが、ナンの町へ行って、現地で確認をとってからにしよう。それまでに誰かが公表するかもしれんが、それならそれで良い」

「そうね。少し休んで、水を補給したら出発しましょう」

4．盗賊退治

イーファンの宿場を出た一行は、ナンへ向かう街道を徒歩で進んで行った。


「そろそろ人里を離れたな。シュウイ少年はクロスボウを出しておいた方が良いぞ」

「ボルトケースは腰に付けて、クロスボウは肩にかけておくか、背中に背負っておくんだね」

「はい」

言われたとおりにクロスボウを左の肩にかけておく。僕は右利きだから、こうかけておいた方が便利だからね。現実とは違って、ベルトがずり落ちてくるような事は無い。ゲームって都合好くできてるなぁ。


そろそろモンスターの活動領域だというので、【気配察知】と【虫の知らせ】、ついでに【嗅覚強化】を起動しておくと、早速【虫の知らせ】が反応した。


「ケインさん、この先に何かがあるようです。【虫の知らせ】が反応しました」

「もうかい？」

「便利だな、そのスキル」

「便利なのはシュウイ君の方だと思うけどね」

少し行くと、馬を付けていない馬車が道を塞いでいた。【気配察知】と【嗅覚強化】が、周りに潜んでいる気配を報せてくる。

「お～い、手伝ってくれぇ～」

「どうしたんだ？」

「ゴブリンに襲われて逃げて来たんだが、馬具が外れて馬が逃げちまった。せめて馬車を道の脇に寄せたいんだ」

（「ケインさん。馬車の中に二人、右手の茂みに二人、左の木の陰に二人、その後ろの木の上に一人。多分木の上にいるやつは弓を持ってます。それから、ゴブリンの臭いはしません」）

（「判った。弓使いは私がやる」）

（「じゃあ、右の二人は僕が」）

（「他の皆もいいな？」）

（「「「ＯＫ」」」）

「それは大変だったな。ちょっと待ってくれ」

そう言うとケインさんはのんびりと肩にかけていた荷物を下ろしたので、僕もそれに倣（なら）う。いやぁ、さすがにトッププレイヤーの行動は勉強になるなぁ。さて、僕も準備しておくかな。

突然、左手奥の木から弓使いがもんどり打って落ちてきた。きっとケインさんの風魔法だろう。すかさず僕も、右手の茂みから立ち上がった二人に【腹話術】をかける。

（「後ろだよ」）

慌てて振り返った盗賊の後ろ首に手裏剣を飛ばして……二丁上がり。残りは他の人たちが殺（や）ってくれたみたいだね。気配が無くなった。

ポーンという電子音が聞こえてウィンドウが現れたので、内容を確認する。

「おおっっ♪　スキルが五つも増えてる」

これはひょっとして……パーティメンバーが斃した相手のスキルも確率で入るのかぁ。美味しい仕事だったなぁ。増えてるのは……

【お座り】相手のレベルが自分の二倍以下の場合、相手を十秒間お座りさせる。

【掏摸（すり）】相手が持つアイテムをランダムで一つ、気付かれないまま入手できる。ゲーム内日数で五日以内に再使用した場合、プレイヤーがイエローネーム化する。

【イカサマ破り】イカサマを見抜く。

【反復横跳び】反復横跳びが上手くなる。

【日曜大工】本格的なものは作れないが、簡単なものなら大抵作れる。

うん。なかなか……微妙そうなラインナップだね。けどまぁ、これもきっと使い方次第なんだろうな。

シュウイがスキル欄を見て悦に入っている頃、「黙示録（アポカリプス）」の面々はちょっとした騒ぎになっていた。

「……何だ、この装備品の山は……」

「所持金もアイテムも丸ごと残していった感じね……」

「アイテムバッグまで落としてるなんて……」

「なぜ、こんな事に？」

「決まってらぁ。シュウのやつしかいねぇだろうが……」

「ナントの店に装備品を売ったと言っていたが……こういう事か」

「お得意様っていう意味が判ったわね……」

「肝心のシュウは何してんだ？」

「……何か、凄く喜んでるみたいね」

「あ、冷静に盗賊の遺品（ドロップ）を集め出した」

盗賊が落とした遺品（ドロップ）を回収して皆の方を振り返ると、何か変な顔をして僕の方を見ている。何かあったのかな？

「どうかしましたか？」

「あ～、いや、この装備品なんだが……」

「あ～、パーティメンバーにも【解体】と【落とし物】の効果は適用されるみたいですね」

「やっぱり君のスキルか……」

「エレミヤの【アイテムボックス】があって良かったぜ……」

・・・・・・・・

その頃運営管理室では、モニターを見ていた若いスタッフがチーフである木檜に声をかけていた。

「チーフ……【解体】と【落とし物】の効果はパーティメンバーにも適用されるみたいです。盗賊たちのドロップが凄い事になってます」

「まぁ、考えてみれば不思議ではないな。パーティに入ってない相手から【落とし物】のお裾分けを貰ってたくらいだから」

「それにしても……これじゃどっちが追い剝ぎか判りませんね」

・・・・・・・

同じ頃、礼拝堂では死に戻りの五人が力無く突っ伏していた。

「PKの掲示板に載ってたのは、こういう事か……」

「身ぐるみ剝がれて、スキルまで盗(と)られたよ……」

「無一文でどうしろってんだ……」

「NPCの三人は？　ここにいないって事は、復活できなかったのか？」

「判らん」

「……とにかく、何とかして拠点まで戻るぞ。それからこの一件を裏掲示板に流す。早く警報を出しておかんと、被害が拡大する一方だ」

いつしかシュウイは、悪堕ちプレイヤーたちから災害扱いされるようになっていた。

悪堕ちプレイヤー専用掲示板 [3]

１：お節介な悪人
ここは悪堕ちプレイヤー専用の掲示板。表に流せない情報を載せるのと、悪人間の連絡用。身元の詮索や晒しは厳禁。
次スレは＞＞９５０を踏んだやつに頼む。

過去スレ：悪堕ちプレイヤー専用掲示板 [1],[2]　※格納書庫を参照のこと

－－－－－－－－－－－

２１３：通りすがりの悪人
そういや、ＰＫの掲示板に載ってたＰＫＫの件はどうなった？

２１４：通りすがりの悪人
知らん。

２１５：通りすがりの悪人
それとなく探ってみたが、ＰＫＫ職は未確認のもよう

２１６：死に戻った盗賊
＞＞２１３－２１５
ナイスタイミング。多分、俺たちが殺られたのがそれだと思う

２１７：通りすがりの悪人
ｋｗｓｋ

２１８：死に戻った盗賊
イーファンからナンに向かう街道で網を張ってた。こっちは八人、むこうは六人のパーティだった。不意をつけば何とかなるだろうと思って小芝居をしかけたんだが、あっさり見破られた。後はほとんど瞬殺。ちっこいのが一人いたから、あれが噂のガキかもしれん。所持金と所持アイテムの全て、それと、ＮＰＣの方は判らんが、俺たちはスキルを一つずつ盗られた。ＰＫ板では載ってなかったが、アイテムバッグもなくすから気をつけろ。それから、盗られるスキルはレアなもの優先っぽい。ま、レアというだけで、使えるスキルとは限らんが。
あと、俺たちは八人だったが、礼拝堂で死に戻ったのはプレイヤーの五人だけ。ＮＰＣの三人は復活できなかったのか、別の場所に死に戻ったのかは不明

２１９：通りすがりの悪人
報告乙

２２０：通りすがりの悪人
すると……ＰＫＫ専門職ってわけじゃないのか？

２２１：通りすがりの悪人
まだ断定はできんだろう。このゲーム、ＰＫＫ職の定義はどうなってる

んだ？
それと、ＮＰＣの死に戻りについて誰か知ってるか？

２２２：通りすがりの悪人
＞＞２２０
ＰＫＫ職は未確認だってんだろ

＞＞２２１
ＮＰＣは死んだら復活しないハズ

２２３：通りすがりの悪人
待て。ＰＫ職は盗賊とは別カテゴリーだったはずだ。だとするとＰＫＫ職とは限らん

＞＞２１８,２２２
ＮＰＣの先達のご冥福をお祈りします

２２４：通りすがりの悪人
賞金稼ぎ……ってのは？
ご冥福をお祈りします

２２５：通りすがりの悪人
＞＞２２４
あり得る
ご冥福をお祈りします

２２６：通りすがりの悪人
＞＞２２４
運営からの情報は？
ご冥福をお祈りします

２２７：お節介な悪人
＞＞２２６
立場上気になって運営に訊ねてみた。「現時点で運営から公開すべき情報はございません」って返事が来た
ご冥福をお祈りします

２２８：通りすがりの悪人
＞＞２２７
有るとも無いとも明言してない訳か
ご冥福をお祈りします

２２９：通りすがりの悪人
共通点はガキ？

２３０：通りすがりの悪人
どんなガキなん？
ご冥福をお祈りします

２３１：通りすがりの悪人
つ　有名人を語るスレ [2]

３０２：名無しの報告者
＞＞３０１
冒険者登録の直後だったから違うと思う。黒髪、直毛、銀目、浅黒い肌、中性的な顔立ちの、多分少年

２３２：通りすがりの悪人
転載乙
ご冥福をお祈りします

ＰＫ職専用掲示板 [2]

１：無名のＰＫ
ここはＰＫ職専用の掲示板だ。お互い暇じゃないんだから、下らないお喋りなんかじゃなく、必要な情報だけ上げてくれ。
次スレは＞＞９５０を踏んだやつが立ててくれ。

過去スレ：ＰＫ職専用掲示板 [1]　※格納書庫を参照のこと

－－－－－－－－－－－

７２２：無名のＰＫ
重要情報。噂のＰＫＫ職関連

７２３：無名のＰＫ
ｋｗｓｋ

７２４：無名のＰＫ
つ　悪堕ちプレイヤー専用掲示板 [3]
２１６以降を参照

７２５：無名のＰＫ

報告乙

７２６：無名のＰＫ
今見ているとこ。同じ小僧ぽい
てか、アイテムバッグの件は初耳

７２７：無名のＰＫ
最初に報告したやつ、ちゃんと書いとけよな

７２８：最初に死に戻ったＰＫ
装備品全部って書いたじゃん

７２９：無名のＰＫ
見直した。確かにそう書いてあるが……まさか初期装備のアイテムバッグまで落とすとは思ってなかった

７３０：最初に死に戻ったＰＫ
全部って言ったら全部なの！

７３１：無名のＰＫ
＞＞７３０
逆ギレかよ……

それよか、コレって重要じゃね？
つ　悪堕ちプレイヤー専用掲示板 [3]
２２４,２２７

７３２：無名のＰＫ
同意

７３３：無名のＰＫ
賞金稼ぎの可能性か……

6. 野営

盗賊一味を始末した後には、三枚のカードが残っていた。あぁ、これが匠の言ってたカードか……とすると、盗賊のうち三名はNPCだったって事みたいだ。懸賞金が出るとか言ってたな……。

そんな事を考えていると、ポーンという電子音とともにウィンドウが開いた。ケインさんたちも反応しているから、僕個人に宛てたお知らせじゃないって事だ。

《クエスト「トンナン街道の盗賊」をクリアしました》

《クエスト報酬を入手しました》

お、報酬は何かな？

【装備アイテム】シルバーバックの革鎧
DEF＋8　VIT＋4　品質B　レア度6
牡(おす)の銀毛鹿の革で作られた鎧。軽いが丈夫。

おおっ、これって結構凄いんじゃない？　けど、シルバーバックってマウンテンゴリラの事じゃ……あぁ、背（ｂａｃｋ）じゃなくて牡鹿（ｂｕｃｋ）ね。

思いがけないクエスト報酬に喜んでいたシュウイであったが、ふと顔を上げるとケインたちが自分の方を向いているのに気が付いた。

「……あの、何か？」

「あ、いや、シュウイ少年のクエスト報酬が何だったのか気になってな」

「は？　人によって違うんですか？」

「あたしたちの報酬はスキルオーブだったのよ。それで、スキル入手に縛りがあるはずのシュウイ君はどうだったのか、気になって」

……スキルオーブ？

「あの……皆さんは……スキルオーブだったんですか？」

「ええ、あたしとヨハネは魔法スキル、ケインがなぜか生産スキル、エレミヤとダニエルは身体スキルね。割と一般的なスキルだけど」

「一般的な」――すなわち、広く受け容れられた――スキル。それこそシュウイには望んでも得られないスキルであり、彼が求めてやまないものでもあった。ベルの無情な言葉を聞いて崩れ落ちるシュウイ。正しくorzのポーズである。

「なんでっ……僕だけ……」

打ち拉がれるシュウイの耳に、あ～やっぱり、とか、案の定、とか言う声が聞こえてくる。

「ま、まぁ、盗賊から奪ったスキルが五つもあるんでしょ。あたしたち一人一人の五倍じゃない、五倍」

「……使い勝手は五分の一以下だと思いますけどね……」

「あ……えぇと……」

「そ、それで、シュウイ君は……代わりに何を貰ったんだい？」

「あ、はい。シルバーバックの革鎧だそうです。DEF＋8とVIT＋4の効果が付いてます」

シュウイの恬としたカミングアウトにどよめく「黙示録」の面々。

「それ、物凄い性能だからね」

「こんな序盤で出る品物じゃないわよ」

「『スキルコレクター』の効果で通常のスキル獲得ができない分、運営が奮発したようだな」

「防御力は格段に上がったよ、間違い無く」

「黙示録」の励ましを受けて、気を取り直すシュウイ。確かに、現時点では充分に有効な装備に違いない。それを手に入れられた幸運を、素直に喜ぶべきだろう。それに、スキルが五個も手に入ったのは事実なのだ。

「お見苦しい姿をお見せしました」

「いや、気にしなくて良いから」

ちょっと取り乱したけど、そこは大目に見てほしい。それより気になるのは……

「でも、いつの間にかクエストが始まってたんですね？」

「あぁ、シュウイ少年は知らなかったか？　このゲーム、大規模なクエストの他に、こういう隠しクエストが結構あるんだ」

「隠しクエスト、ですか？」

「例えば今回のクエストで、今から盗賊退治クエストが始まりますって説明されたら、不意討ちは無くなっちゃうでしょ？」

「あぁ、そうですね。あと、盗賊側にもプレイヤーが参加していたって事は、向こうは向こうで別のクエストがあったんですか？」

「多分、僕たちを襲うのが彼らのクエストだったんだろうね」

「油断のならないゲームですねぇ……」

「みんなそう言ってるよ……」

・・・・・・・

その後は大したモンスターも現れず、従ってクロスボウの出番も来ずに、野営予定地に到着する。僕が未成年という事で、一番楽な最初の夜番を仰せつかった。

「そう言えば、このゲームって野営の時はどうなるんですか？」

「野営の申請を出しておくと、サービス終了――SRO(スロウ)のサービス接続時間は十八時から深夜二時までの八時間。この八時間をゲーム内で三倍にする事で一日にしている――まで起きていたキャラが徹夜した事になるのよ。申請し忘れたら寝落ちした事になって、運が悪いと寝ている間にモンスターに襲われた事になるわ」

「申請していれば大丈夫なんですか？」
「ええ。不寝番がいる事になって、モンスターは寄って来ないみたい」
「では、シュウイ少年、申し訳無いが、最初の夜番を頼む」

　最初の夜番を恙無く済ませると、僕は寝具にくるまってログアウトした。新スキルの確認は明日以降だね。

－－－－－－－－－

《シュウイのスキル一覧》

　レベル：種族レベル２
　スキル：【しゃっくり　Lv２】【地味　Lv２】【迷子　Lv０】【腹話術　Lv３】【解体　Lv５】【落とし物　Lv６】【べとべとさん　Lv２】【虫の知らせ　Lv１+】【嗅覚強化　Lv１+】【気配察知　Lv１+】【土転び　Lv１】【通臂　Lv１】【腋臭　Lv１】【お座り　Lv０】【掏摸　Lv０】【イカサマ破り　Lv０】【反復横跳び　Lv０】【日曜大工　Lv０】
　ユニークスキル：【スキルコレクター　Lv３】

◆第七章　篠ノ目学園高校（月曜日）

1．昼休み

　僕と匠と茜ちゃんは、今日も屋上で弁当を食べながらＳＲＯ（スロウ）の事を話していた。

「お～、蒐君、ついに『スキルコレクター』の事を話したんだ」

「うん。いつまでも隠し通せるもんじゃないって気がするしね」

「ま、知っておいてもらう方がやり易いよな」

　匠の紹介なら大丈夫だろうって気もするしね。

言わないけど。

「で、リアルの称号についても話したのか？」

「……そっちはまだ……」

　うん。「微笑みの悪魔」だの「惨劇の貴公子」だのって二つ名、自分から話す気になんかなれないよ……。

「ま、余計な事まで喋る必要は無いけど、祖父さん仕込みの武術については話しておいた方が好くないか？」

「今のところは大丈夫かな？　スキルだけで倒せてるし」

「え？　蒐君、あの変なスキル、使えるの？」

「茜ちゃん……」

「いや、茜の言うとおりだと思うぞ？　あの微妙スキルで闘えるのか？」

「……隙を作るのには向いてるし、隙さえできれば何とかなるし」

「さすが蒐君だね」

「いや……でもまぁ、解るな。確かに隙は作れそうだわ。けど、それだと暗殺者寄りの闘い方にならんのか？」

「ナントさんにクロスボウを売ってもらった」
「あ〜、狙撃手か。蒐はそっちに行くのか？」
「ん〜、まだ決めてないけど、選択肢は持っておきたいし……」
「自分で成長の方向を決められないってのは、結構なデメリットだよなぁ……」

匠の言うとおり、『スキルコレクター』の最大のデメリットは、自分で成長の方向を決められない事だと思う。

SRO(スロウ)はいわゆるスキルレベル制のゲームで、選んだスキルの成長によってステータスが変化すると同時に、次に取れるスキルの種類がある程度決まってくる。解り易く喩えると、純粋なアタッカーとしての成長を選んだ者に、料理人のスキルが提示される事はまず無い。その代わりに、他の職業ではそもそも選択肢に出てこないようなスキルも取る事ができる。

幅広いスキルを取るつもりなら、初期設定の段階で様々なスキルを選んでおく必要があるが、そうするといわゆる器用貧乏に陥り易い。

どういうスキルを取るかで成長の方向が決まってくる訳だけど、『スキルコレクター』である僕は、取得するスキルを自分で選べない。つまり、どういう方向に成長するのか全く予測できない。なので、装備にしても様々なものを用意しておかないと、スキルを十全に活用できない。

「今のところ生産系のスキルは無いけど……先の事を考えると、今のアイテムバッグじゃ容量が絶対足りなくなるよなぁ……」
「あるよ。もっと大きなアイテムバッグ」
「どこに売ってるのさ⁉　茜ちゃん！」
「蒐君、近い近い、落ち着いて」

いけない、いけない、僕とした事が。これでも紳士で通ってるというのに。……おい匠、チビっ子紳士、って呟いたの、聞こえてるからな。

「では……どこに売ってるの、茜ちゃん？」

「ん～、ナンの町には売ってるよ」

そうか……ナンの町で手に入るのか……

「あ、でも、凄～～～く高いよ？」

「……そうなの？」

「俺が見たのは二百五十万Ｇだったな」

「あたしが見たのは百八十五万だった」

「何!?　その馬鹿げた値段！」

「いや？　魔道具の類は大抵高いぞ？　まぁ、アイテムバッグは特別高いけど」

う～ん、さすがにそこまで高いと、素材の代金を加えても手が出るかどうか……

「あ、でも、アイテムバッグが高いのは、それを作れる職人が少ないからだって言ってた。レアなスキルが必要って事なら、蒐君がそのスキルを取る可能性はあるんじゃない？」

おおっ♪　もしそのスキルを拾えたら、左団扇(ひだりうちわ)で暮らせそうだ……ゲームでは。

「あ、でも、蒐君なら、誰でも取れる革細工のスキルが取れないか」

「……茜ちゃん……持ち上げてから落とすのやめようよ……」

見えてきた希望の灯火(ともしび)をあっさりと吹き消されて、僕は再び落ち込んだ。

「まぁまぁ、蒐、そう気にすんなって。そのうち何か良い事あるさ。で、ナンの町にはもう着いたのか？」

匠のやつ、力業で話題を変えたな。まぁ良いけど。

「……今はイーファンの先で野営中。今日中には着くんじゃないかな」

「旅は順調に進んでるんだ」

「うん。順調に盗賊を狩ったかな」

「ソレ……普通は順調って言わないからな」

「蒐君的に順調な訳かぁ」

茜ちゃんの発言を問い詰めようとしたところで予鈴が鳴った。


「あ～……続きは放課後な」

「あ、そう言えばカナちゃん、今日は一緒に帰れるみたいだよ」

「お、要のやつ、久し振りに休み取れたのか」

「なんか、ブラックな職場のサラリーマンみたいだね……」

「全く、図書委員なんかになるからだ」

「図書館の本購入に干渉できるからだって」

「あいつ、確か中学の時もクトゥルフ神話全集なんか買わせてたろ」

「『毛皮のヴィーナス』と『美徳の不幸』じゃなかったっけ？」

「カナちゃんが買わせたのは『デカメロン』だよ？　確か……」

「『腹腹時計』は買えなかったって残念がってたような……」

「ま、その辺は本人に聞けば良いか。帰りに幕戸（マクド）にでも寄ってこうぜ」

2．放課後

僕たち――いつもの三人に要ちゃんを加えた四人――は、「帳(とばり)と扉(とびら)」という行きつけの喫茶店で話し込んでいた。雰囲気のある名前なのに、常連の間では「幕戸」という身も蓋も無い略称（?）で通っている。

「こうしてカナちゃんと喋るのも、久しぶりだよね〜。このところSRO(スロウ)でしか会えなかったし」

「蒐君も始めたのよね。早くも掲示板を賑わしてたわよ?」

そう僕に話しかけたのは高力要(こうりきかなめ)。ストレートの黒髪に細いフレームの眼鏡が似合う、（黙っていれば）美少女で通る優等生だ。ちなみに身長は僕より高い……クソ。

「その話はもう良いよ……あれ？　って事は、僕の近況も知ってるんだ?」

【迷子】についてメールで問い合わせた時には、詳しい事情までは書かなかったけど……

「あ、俺が話しといた。どうせ教えんだから、早い方が良いだろ?」

「……匠、個人情報って言葉を知ってるか？
……まぁ良いけど」

「私が聞いたのは、何か怪しげなスキルで盗賊団を皆殺しにしたってところまでだけど?」

「皆殺しじゃないよ！　僕が殺(キル)したのは二人だけ！　他はケインさんたちが殺(や)ったんだよ」

「討伐自体は否定しないんだ……何人?」

「八人……で、僕たちが六人」

「『黙示録(アポカリプス)』なら問題にもしないでしょうね」

「うん。ほぼ瞬殺だった」

「蒐はどう殺ったんだ?」

「【腹話術】で注意を逸らして、手裏剣で」

「お？　【手裏剣】なんてスキル、手に入ったんだ？」

「何言ってんのさ？　手裏剣くらい匠も投げれるじゃん」

「あぁ……そっちのスキルか……」

「蒐君って、ほぼパーソナルスキルだけで闘ってるの？」

「だって……スキルが取れないから仕方ないんだ……」

「はいはい、誰も責めてないからね」

「『惨劇の貴公子』ならではだよな」

「やめろよ……そのあだ名で呼ぶの……」

　注文していた軽食が届いたので、それを食べながら話を続ける。ちなみに僕はシーフードスパ、匠はカツカレー、茜ちゃんはチョコパフェ、要ちゃんはプリン・ア・ラ・モードだった。

「けど……何のスキルが来るか判らないんじゃ、アドバイスの一つもできないわね」

「だよな～」

「持っておいた方が良いアイテムとかは？」

「野営の道具は持ってるのよね？」

「うん。エレミヤさんに選んでもらった」

「武器は？」

「杖とクロスボウと短剣、あとは手裏剣と吹き矢にバグ・ナクかな？」

「後半三つがおかしい」

「いや、ＰＫの遺品だから」

「ねぇ、蒐君、剣はどうしたの？」

「あ、売っちゃった。現実でも西洋剣って使った事無いし、スキルも取れそうに無いから」

「まぁ……蒐の場合はそうなるか」

「じゃぁ……中距離がクロスボウ、接近してからは杖、密着したら体術と短剣、それにバグ・ナク……って事かしら」

「……意外と使えそうだな」

「物理一択かぁ……」

「だって、魔法使えないもん」

「魔道具は？」

「いや？　戦闘向きの魔道具ってあったか？」

「効果付きの武器かな？」

「僕、武器スキルって持ってないよ……」

「あ、ええと、確か【鑑定】能力付きの眼鏡（めがね）があったよ……高いけど」

「そうそう、ナンの町には魔道具屋もあるし、何か掘り出し物があるかもな」

「魔道具かぁ……」

　探してみるのも良いかもね。


「蒐がナンの町に来たら、俺たちとも会えるかもな」

「みんなナンの町にいるの？」

「うん。あたしたちも昨日着いたところ」

「どっかで待ち合わせるか？」

「う～ん。ケインさんたちと一緒だし、予定がはっきりしないかな」

「蒐君だとイレギュラーな方向に進みそうよね」

「何でさ」

◆第八章　ナンの町

1．冒険者ギルド

何のアクシデントも無く野営を済ませた僕たちは、そのまま街道を歩いて行って、昼前にはナンの町に着く事ができた。ここでは最初に冒険者ギルドへ行って、残りのレア素材の換金を済ませる予定になっている。

全員で冒険者ギルドの建物に入る。途中で盗賊の討伐があったため、関係者である僕も事情聴取を受ける事になったのだ。一人ずつギルドカードを確認しながらの報告だったので、思っていたよりも時間がかかった。

「……で、坊主が殺ったなぁパイクとギストの二人だな？」

「名前は知りませんし、後ろを向いた隙に手裏剣で斃しましたから、顔も判りません」

「……意外とえげつねぇな。あぁ、まぁギルドカードにはそうなってる。このうちギストってやつぁ『異邦人』らしいが、パイクはこの国の人間なんでな。賞金が出るんだが、他の連中と一纏めで良いのか？」

この件は事前にケインさんと話していたので、それで良いと答えておく。素材の売却益も懸賞金も、盗賊達の装備の売却益も、全部一括した上で六等分する事になっている。そうしないと、各人の貢献度なんて一々量れないしね。ついでに少し気になった事を聞いておこう。

「『異邦人』には賞金はつかないんですか？」

「そりゃ、お前、ひょこひょこ生き返ってくるようなやつに一々賞金なんか懸けてられるかよ。それに『異邦人』の連中は、こっちの住民にゃ悪さをせんからな」

なるほど。そういう事になってるんだね。

「つまり、ギストっていう盗賊については、僕らの内輪喧嘩という事ですね？」

「あぁ、そういうこった。だから坊主の討伐記録は一件だけだな」

あぁ、ＰＫも数には入らない、と。

「ついでに言っとくと、『異邦人』の遺品の取り扱いは『異邦人』同士の取り決めって事になってるから、ギルドは何も関知しねぇぜ？」

「解りました。ありがとうございます」

事情聴取を済ませてケインさんたちと合流する。既に素材の売却と賞金の受け取りは済ませたそうだ。

「シュウイ少年、盗賊たちの武器や装備品についてなんだが……売るよりは予備として取っておこうかという話になっていて……」

「あ、そういう事になったんですね」

「あぁ、それで、シュウイ少年の分け前には一応の評価額分を上乗せするから、できたらそれで了解してもらえないか？」

「僕は構いません……あ、そうだ。どんな装備品があったのか、一応教えてもらえますか？」

何か面白いものがあれば譲ってもらおうかと思っていたんだけど、大したものは無かったので、そのままケインさんの提案に乗る事にした。

「では……素材の代金と懸賞金の合計が五百二十六万五千Ｇ、一人頭八十七万七千五百Ｇになる。確かめてくれ」

どんと目の前に置かれた袋には金貨がぎっしりと詰まってる。確かめるって……コレ、一々数えろって言うの？

「……袋のままアイテムバッグに収納すれば、金額が表示されるから」

あ、なるほど。試しにやってみると……おぉ、本当だ。これは便利だね。

「で、シュウイ少年はこの金をどうする？」

ん？　どういう事？

「自分で持っていても良いけど、ギルドに預けておく事もできるよ。利息は付かないけど、死に戻りのデスペナで失う事も無い」

エレミヤさんがギルドの便利な使い方を教えてくれたので、早速そのサービスを利用する事にする。ギルドカードを提示すれば、どこのギルドでも引き出しが可能だそうだ。

「シュウイ君、あたしたちこれから食事に行くんだけど、好かったら一緒に行かない？」

うん。この町の事は何も知らないし、食事にかこつけて色々教えてもらおうかな。

2. レイドクエスト?

ケインさんたちが案内してくれた食堂は、見た感じトンの町の食堂とそっくりだった。運営さんもこういうところで制作費を節約してるのかな。でも、働いている人たちはさすがに別人だね。ちなみにメニューもほとんど一緒らしいけど、善し悪しが判らない僕は素直にお勧めを注文した。

「さて、懸案の換金も無事に終わって祝杯といきたいところだが、まだ日は高いからそうもいかん。が、とりあえず一杯だけは飲ってくれ」

そう言ってケインさんがビールっぽいのを注文すると、他のメンバーから歓声が上がった。ゲーム内では酔うというバッドステータスが存在しないから、昼間からお酒を飲んでも平気らしい。皆の分を注文したケインさんだけど、本人はけじめとして昼酒をしないみたいだ。ちなみに僕はどうするか訊ねられたから、勿論飲むと答えたよ。このゲーム、十五歳以上は飲酒可能って世界設定になってるし、リアルでもビールくらいなら、時々父さんの晩酌に付き合って飲んでるしね。

「ちょっと意外ね。真面目そうに見えたのに」

「僕は真面目ですよ? 真面目だから、国がゲーム内での飲酒を許可してるんなら大丈夫だろうって、素直に信じちゃうんです」

「……真面目かもしれないけど、結構強かよね」

料理が運ばれて来たので、飲み食いしながら談笑する。しばらくしてからケインさんがおもむろに僕の方を向いて切り出した。

「シュウイ少年が話してくれた街道閉鎖の件だが、冒険者ギルドで裏が取れた。閉鎖から既に一年以上経ってるので、今更話題に上らなかったという設定らしい。凶暴なモンスターが途中に居座っているため、ナンの町から王都へ行く街道は閉鎖になっているそうだ」

「商人の人は山崩れとか言ってましたけど」

「あぁ、それも確認した。山崩れの場所は、モンスターのいる少し手前らしい。山崩れの調査に行った連中が、モンスターを発見したそうだ」

「んで、結局どうすんだ？　ケイン」

「ギルドで聞いた話だと、最低でもAランクのモンスターが複数いるそうだ。俺たちだけじゃ手に負えんだろうな」

「Aランクが複数って……レイドボス？」

「その可能性が高い」

「近くに他のパーティはいないのか？」

「自分の知り合いにはいないが……」

……匠や茜ちゃんもこの町にいると言ってたよね。連絡してみようかな……あ、茜ちゃんの連絡先知らないや。匠に聞けば良いかな？

「あの、ケインさん、友人がこの町にいるはずなんですけど、連絡してみても良いですか？」

「シュウイ少年の？　……ふむ、別に隠しておく必要も無いな。皆に異存が無ければ、自分は構わないが？」

他のメンバーの了承を得た上で、僕は匠――タクマだっけ――にウィスパーチャットで連絡を入れたんだけど……

『うぁ～……もう着いたのかよ……』

『今日着くって言ったじゃん？』

『茜――センが、シュウはきっとどっか寄り道して遅れるって言うもんだから、半日の護衛仕事入れちまったよ。ちなみにセンたちも一緒』

『あ？　じゃあ、皆ナンの町にいないいんだ？』

『あぁ。何か用事か？』

『う～ん、王都へ行く道にAランクモンスターの群れがいて街道を封鎖してるっていうからさ、ケインさんたちと様子見に出かけようかって話になってんだけど……』

『はぁ!?　そんな話、聞いてないぞ！』

『住民(NPC)と会話しないと聞き出せない話みたいだ

よ？　一応ケインさんがギルドで裏も取った』
『マジかよ……シュウたちは行くのか？』
『人数が集まらないと厳しいかもね』
『……この話、他に流しても良いのか？』
『あか――センちゃんたちには伝えてほしいかな。
僕、彼女たちの連絡先知らないし。他に連絡する
かどうかは、タクマに任せるよ』
『あ～……解った。また連絡する』

「という訳で、猫の手は集まりませんでした」
「いや、猫の手って……」
「こっちも人員調達に失敗したし、クエストに挑
むのは無理のようだな」
「でもよ、下見ぐれぇはしといた方が良かぁねぇ
か？」
「……そうね。Aランクモンスターともなると、
いきなり本番は厳しいかもね」
　こういう流れで、今回は下見だけという事に
なった。

・・・・・・・・

「いや、あれは二パーティや三パーティじゃ無理
だろう」
　僕たちは遠目にこっそりとモンスターの群れを
観察しているんだけど、Sランクと言っても通り
そうな大物が三頭、その他にAランクが五頭以上
いる。完全にレイドボスだよ、あれ。その他にも
Bランク以下の個体が複数いるし……
「どう見てもレイドクエスト、それも大規模なや
つだよな」
「もしくは、運営はこの道を通す気が無いか」
「あぁ……そういう可能性もあるな」
「それが判っただけでも収穫だ。気付かれないう
ちに戻ろう」
　全員の意見が一致して、速やかに撤退したんだ
けど……何だろう、この感じ。

3．隠しクエスト？

レイドボスのフィールドからこそこそと撤退している最中に、僕の【虫の知らせ】が発動した。理由は判らないけど、こっちに進むと何か良い事がありそうだ。

「ケインさん、待って下さい。【虫の知らせ】が発動しました」

「うん？　どういう事だ？　シュウイ少年」

「こっちへ行くと何かありそうです」

「こっちって、何も無……いや、獣道のようなものがあるな」

「そう言われてみれば道に見えなくも……どうする？」

「シュウ坊の【虫の知らせ】なら行くべきだろ。何たって実績があるんだしよ」

　という訳で、僕らは細い獣道を辿って来たんだけど……

「何なの？　あれ」

「関所……かな？」

「あの扉を開けるのには、ゴブリン……いや、ホブゴブリン共が守っている鍵を取ってくる必要があるって事かな」

　テーブルの上に鍵らしいのが置いてあって、その傍にホブゴブリン（？）が四頭陣取っている。その鍵を取って、関所の扉の鍵を開ければ突破できるという事らしい。ただ、テーブルの周りにいるのは確かに四頭だけど、関所とテーブルの間には他にも多数が彷徨（うろつ）いている。

「蹴散らすだけなら簡単だが……」

「そうすると、テーブルの傍のゴブリンだかホブゴブリンだかは、騒ぎの隙に鍵を持って逃げちゃうんじゃないですか?」

「多分そうだな……」

「結構面倒ね……」

「よし、シュウ、お前に任せた」

「ちょっと、ダニエル……」

「やってみます」

そう言うと皆――ダニエルさんまで――驚いたようにこっちを向いた。いや、ダニエルさん、言い出しっぺはあなたでしょう?

「ちょっとシュウ君、無理しなくても……」

「行ってくるので、万一の場合は掩護(えんご)をお願いします。あと……驚かないで下さいね?」

僕は【地味】スキルを発動してテーブルに近づき、右腕を倍の長さに伸ばして、テーブル上の鍵を摘(つま)み上げた。

あ、あれだけ言ったのに……ベルさんたち固まってる。まぁ、左腕が急に短く縮んで、その分右腕が倍の長さに伸びたら驚くか。以前にトンの町で拾った【通臂】ってスキルの効果だ。案山子(かかし)みたいに左右の腕が繋がっている感じかな。あとはこのままそ〜っと戻れば良いか。

鍵を持ってケインさんたちのところへ戻ると、皆が何か得体(えたい)の知れないものを見るような視線を向けてくる。あ〜無理もないよね……。

「あの……鍵……持って来ました」

「あ、あぁ……すまない、シュウイ少年……」

「シュウ君、腕、大丈夫なの!?」

「え? あ、はい。そういうスキルなんで。解除すれば元通りです」

『西遊記(さいゆうき)』や『本草綱目』に出てくる通臂猨(つうひえん)か……」

「シュウ、他のやつらの前で使うなよ。モンスターと間違えられっぞ」

「ちょっと! ダニエル! もう少し言い方を考えなさいよ」

「あぁ? 事実だろうが? 間違ってシュウが攻撃されたりしたら、そっちの方が問題だろうがよ」

打撃戦の最中に使うと効果的なスキルなのだが、モンスターが化けているという疑惑を受ける可能性も無いとは言えない。確かにダニエルの言うとおり、使い所に注意が必要なスキルであった。

「そりゃそうだけど……」

「シュウイ君なら返り討ちにしそうだけどね……」

「……まぁ、手長スキルは衝撃的だったが……それ以前にゴブリンたちが少年に気付いていなかったようだが、あれもスキルなのか？　いや、詮索する訳じゃないんだが……」

「あはは、【地味】っていうスキルです。気付かれにくくなるみたいですね」

「【地味】……」

「名前からすると、【隠蔽】よりは【認識阻害】に近いプロセスなのか……？」

「名前の割に有能そうなスキルだな……」

「実際使えますよ」

「おいシュウ、妙なスキル持ってるからって、悪堕ちすんじゃねぇぞ？」

「ダニエル！　……シュウ君、道を踏み外しちゃ駄目よ？」

「あはは。犯罪向けのスキルなら、そのまま【掏摸】っていうスキルがありますよ。この前盗賊から奪いました。まだ使った事はありませんけど」

「……聞いただけで頭が痛くなるラインナップだな……」

「運営も、何考えてこんなスキル創ったんだか……」

「青少年に与える影響ってものを、もう少し考えるべきよね……」

残念ながら、基本的に廃人ばかりの運営に、そんな常識的な判断をする人材はいない。あるいはもっと悪い事に、常識的な判断との葛藤の結果、面白い方が優先されてしまう。もっとも、犯罪的でない――というか、箸にも棒にもかからない――スキルを山ほど創っているので、多少のやんちゃスキルはその中に埋もれてしまって目立たないというのも実情であるが。

「まぁ、とにかく先へ進もう。シュウイ少年の今後については、後でじっくりと考えよう」

ケインの決定に従ってそのまま先へ進む一行の前に、二つ目の関所が見えてくる。ちなみに、最初の関所を守っていたホブゴブリンたちは、鍵を持っている事を示すと何もせずに通してくれた。

そして、二つ目の関所を守っているのは……

「今度はコボルトかぁ～」

「【地味】スキルが嗅覚にも通じるのか、不安があるな」

「おいシュウ、また何か便利なスキルがあんのか？」

「えと……コボルトって鼻は利くんですか？」

「あぁ、まぁ能力的には犬みてぇなところがあるからな」

「だったら、一つ試してみたいスキルがあります。皆さんにも影響すると思うので、近づかないで下さいね」

ぎょっとする「黙示録（アポカリプス）」の面々を放っておいて、【地味】を発動してコボルトたちに近づくシュウイ。しかし、鍵の載っているテーブルに近づく前に、コボルトたちが違和感に気付く。

「あ～……やっぱり嗅覚までは誤魔化せないか～……仕方ない。【腋臭（ワキガ）】！」

予め（あらかじ）【嗅覚強化】を切っておいた――以前に切り忘れて酷い目に遭ったのだ――シュウイが【腋臭】スキルを発動した途端、コボルトたちは表情を歪め（ゆが）て一斉に飛び退る（とすさ）。中には鼻先を押さえて涙を流している者もいる。

そのままシュウイがすすーっとテーブルに近寄ると、コボルトたちは慌てたように後退り（あとずさ）して……やがて後ろを向いて一斉に逃げ出した。シュウイが後を追う。コボルトたちが逃げる。やがて無人となったテーブルに近寄ると、シュウイは鍵を取って皆の許(もと)へ戻る。途中でスキルを解除するのは忘れない。


「今の……何？」

「どうやってコボルトたちを追い散らしたんだ？」

「涙目で逃げてましたよね……」

「あ、【腋臭】っていうスキルです」

「「「腋臭!?」」」

あまりにあまりなスキルの正体に、全員の声が揃った。

「それは……また……何と言うか……」

「コボルトが逃げ出す腋臭って、一体どんだけ……」

「試してみます？」

「「「拒否する！」」」

再び全員の声と思いが揃った。

・・・・・・・

二つの試練（？）を突破した先には、直径四十センチくらいの石の球体――ご丁寧に標縄(しめなわ)まで巻き付いている――が岩の台座に鎮座していた。その横には、文字を刻んだ石碑のようなものが立っている。


「え～と……クエスト『解放の呪歌』へようこそ。呪文あるいはそれっぽい歌を合唱して、卵――あれ、卵なのか――のゲージを減らして下さい。ゲージをゼロにするとクエストクリアーです。最も貢献した一人に、クエスト報酬が渡されます。本日中であれば、一人何度でも挑戦できます。失敗してもペナルティはありません……」

「何か、お茶の間クエストって感じだな……」

「だとするとホブゴブリンやコボルトも、必ずしも闘わなくても良かったんでしょうか？」


正解である。勿論闘って追い散らしても良いのだが、彼らが出題するミニクエストをクリアーする事でも通行できるようになっていた。

「ま、とにかく合唱ってんならケインとベルのデュエットだろ」

「よっ、待ってました」

やんやの喝采に戸惑った様子の二人であったが、やがて意を決したように歩み出る。

その様子を見ていたシュウイが、ヒソヒソ声でダニエルに訊ねる。

(「お二人は付き合っているんですか?」)

(「あぁ、リアルでもな」)

(「なるほど~」)

甘いムードのラブソングを歌い始めた二人であったが、途中でカーンという鉦の音が鳴って、《失格!》の文字が空中に浮かぶ。呆気にとられた一同であったが、やがてベルが憤慨し……

「何よ何よ何よ! 何であたしたちが失格なのよ!」

「お、落ち着け、ベル」

石の卵に殴りかかりそうな剣幕のベルを、ケインが羽交い締めよろしく抱き留めて、何とか押しとどめようとしている。

「あ、あの……多分ですけど、『呪文あるいはそれっぽい歌』っていうのがネックだったんじゃ?」

恐る恐るのシュウイの言葉に、虚を衝かれたように暴れるのを止めるベル。どうやら納得したらしいが、しかし、シュウイの指摘は彼らにとって深刻な問題であった。

「あたしは呪文なんか知らないわよ。ケイン、あんた魔術師だから何か知ってるでしょ?」

「いや……魔法の詠唱ぐらいはできるが……それだとベルができんだろう?」

「その前に、魔法を発動させずに詠唱ってできるんですか?」

エレミヤの指摘に、う~むと唸って考え込むケイン。

「あの……『それっぽい』とありますから、正確な詠唱でなければ大丈夫なんじゃ……」

「いや……だとすると、魔術師が二人以上いるパーティならクリアできるはずだ。ここの運営がそんな手緩いクエストを仕込むとは思えん」

「まるでのど自慢の舞台みたいな雰囲気だったし、合唱の上手下手がポイントになるんじゃないか？」

ヨハネの指摘に更に困惑する一同。結局残った三人が、駄目元で「空海摩尼摩尼」と唄ってみるが、これまたカーンという鉦の音が鳴って、再び《失格！》の文字が現れた。

「こうなると頼りはシュウイ少年だけだな」

「何か変なスキル持ってんじゃねぇか？」

「あの……【デュエット】っていうスキルがあるにはあるんですが……」

おずおずとカミングアウトしたシュウイに、全員の視線が集まった。

「【デュエット】だぁ？　そのまんまじゃねぇか」

「どんなスキルなの？」

「歌を歌うと二重唱になるスキルのようです」

「それだけ？」

無論それだけではない。実はこの【デュエット】、育てると【並列詠唱】に進化する。これは同じ呪文を同時に複数詠唱する――すなわち、全く同時に同じ魔法を複数撃つ事ができる――スキルである。ただし、元のスキルの内容が内容なので、進化先に気付く者は稀であり、シュウイもこの時点では気付いていなかった。

「まぁ、それでいけるんじゃないか？」

「でも……一人で【デュエット】のスキルを使って、条件に合致するんでしょうか？」

シュウイの指摘に考え込む一同。結局は……

「ペナルティは無ぇんだし、やってみりゃ判んだろ」

「……やってみます。【デュエット】」

スキルを発動したシュウイが試しに般若心経を

唱えると、キンコンカンコーンという鉦の音と共に、《合格！ もう一度チャレンジしますか？ Y／N》という文字が浮かんだ。見ればゲージは一本減っている。

「いけいけ！ シュウ、もうお前しかいねぇんだ！」

「え？ でも、他に呪文なんて知りませんよ？」

そう言うシュウイの脳裏に一瞬アホダラ経の文言が浮かぶが、さすがにマニアックすぎると頭を振って打ち消す。第一、経を名告（なの）っているくせに、その文言には呪文らしい所がまるで無い。条件には合わないだろう。

「何かそれっぽい歌とか知らないの？」

「外国語の歌とか」

ヨハネの台詞に、とある歌の事が思い浮かぶ。声変わりしてからは歌ってないけど……やれるだろうか。男子にしては声は高い方だと思うけど……。

覚悟を決めたシュウイがYの部分を押すと、一同の顔が期待に輝く。

インドネシア語の二重唱が流れ始めた。

『蛾羅哉（モ○ラヤ）、蛾羅（○スラ）～』

（（（（ピーナッツかよ！））））

口にこそ出さなかったが、全員の思いは一致していた。

シュウイが歌い終えると、再びキンコンカンコーンという鉦の音と共に、《合格！ もう一度チャレンジしますか？ Y／N》という文字が再度浮かんだ。ゲージは二本減って、残っているのは三本。

「『モ○ラの歌』は呪歌の範囲なんだ……」

「まぁ……映画でも似たような設定だったからな……」

「よしっ！ シュウ！ 次は『キン○コ○グ対○

ジ○』いけっ」

「えぇ〜？」


何やら琴線に触れるところがあったらしいダニエルの熱心な勧めに従って、やはり東南アジア系っぽい言語で、密林に棲む黒い魔神を崇める歌が流れ始める。


「何か……聞いた事があるような……」

「ダニエルがいつか歌ってなかった？」

「キンゴジがどうとか言ってたな……」

そして、琴線に触れるところがあった者は他にもいたらしい。お馴染みの鉦の音と共にゲージが更に一つ消え、空中に文字が出現する。
《合格！　運営からリクエストが届いています》
《「次は『○○ムウ帝國○國歌』でお願いします」》
《運営のリクエストを受けますか？　Y／N》

「おぉう……渋いとこ突いてきたな。シュウ、歌えんのか？」

「一応知ってますけど……あれってどう考えても呪歌に入らないんじゃ……」

「運営のリクなんだから構わねぇだろ」

「……あっちはあっちで、何か不穏な会話をしてるぞ」

「シュウイ君がダニエルの同類だなんて……」

「意外だねぇ……」


何か吹っ切れた様子のシュウイがYの文字を押すと、どこか愁いを秘めたインストゥルメンタルの旋律が流れ出す。既にカラオケの乗りである。やがて流れてくる、海底のよどみに潜む民の祈りの歌。

「……これは知らないわね？」

「タイトルからすると、多分アレじゃないかと思えるんだが……」

「……曼荼（マンダ）～」

　心当たりがありそうな顔で呟いたケインの耳に、聞き覚えのある海竜の名前が届いた。

「あぁ、やっぱりアレか……『海〇軍艦』」

「あれ？　『海底〇艦』って、押川春浪（おしかわしゅんろう）の小説じゃなかった？」

「そっちの方を知ってるのか……その小説を原案とした特撮映画だよ」

　歌声が終わると共にお馴染みとなった鉦の音が響き、ゲージがまたも一つ消えて、ついに一つを残すのみとなった。そして空中に文字が出現する。
《合格！　運営からリクエストが届いています》
《「〆（しめ）は『平和〇の祈り』でお願いします」》
《運営のリクエストを受けますか？　Y／N》

　どこか据わった目付きになったシュウイが何の躊躇（ためら）いもなくYの文字を押すと、哀調を帯びた鎮魂歌（レクイエム）のメロディーが流れてゆく。


「これって、確か『ゴ〇ラ』の……」

「ああ、香山滋（かやましげる）の作詞だったな」

「〆には相応（ふさわ）しいかもだけど……何かあの卵が死んじゃったみたいな……」

「鎮魂歌（レクイエム）だからなぁ……」

　微妙な表情の「黙示録（アポカリプス）」メンバー――正しくはそのうち四人――を尻目に、歌い終わりと同時にゲージが全て消えたかと思うと、パンパカパーンとしか言いようの無いラッパの音と共に、空中に文字が浮かび上がる。
《クエスト「解放の呪歌」をクリアーしました!!》
《クエスト報酬として「幻獣の卵」が提供されます。希望する幻獣のタイプを、攻守走の各特化型とバランス型から一つだけ選んで下さい》

「『幻獣の卵』ですって!?」

「これはまた、破格のクエスト報酬だな……」

「シュウイ君、どれを選ぶつもりだい？」

「う〜んと…………守り特化にしようかと思います」

「へぇ……理由を聞かせてもらえるかな?」

「まず、バランス型は結局器用貧乏だと思うんですよ。万一他の幻獣とやりあう羽目になったら、敵わないんじゃないかと……」

「まぁ……あるかもな」

「すると特化型になる訳だが、他の二つを選ばなかった理由は?」

「僕自身がまともな戦闘スキルも防御スキルも持っていませんから、戦闘よりも撤退を優先したいんで、攻撃特化はパス。機動特化を選ばなかったのは、このゲームだと中盤以降に転移魔法とか出てきそうな気がしたんで……」

「あ〜……あり得るな」

「機動力が死にスキル化……って事にはならんだろうが、見劣りはするかもなぁ」

「消去法の結果なのね……。解ったわ。邪魔してごめんなさいね」


シュウイが「防御特化」を選択すると、石の卵が割れて、光と共に一頭の幻獣……の幼体が姿を現した。


「カメ……よね?」

「カメだな……」

「カメか……」


どことなく微妙な顔つきの「黙示録」を尻目に、シュウイは無邪気に爆弾発言をかます。

「この子って、大きくなると空を飛ぶんでしょうか?」

あぁ、言っちゃったよ、という表情の一同。誰も口を利かないので、期待されている言葉を返すべく、代表してケインが一つ咳払いをして、

「いや……ガ○ラとは違うんじゃないか?」


そのタイミングを計っていたように空中に現れ

た文字によると、ガ○ラとは違うようであった。

《ウォーキングフォートレスの幼体。空を飛ぶ予定は今のところありません》

「……今のところ、と念を押しているのが怪しいわね」

「名前を付けておあげよ。従魔なら名前を与える事で、使役者との繋がりができるはずだよ」

「う～んと……じゃぁ、シルにします。盾(シールド)から取ってシル」

そう宣言すると、「シル」と名付けられた子亀の身体(からだ)が光に包まれ、同時にシュウイは自分とシルが繋がったような感覚を覚えた。

《ウォーキングフォートレスの幼体「シル」がシュウイの従魔になりました》
《テイマーおよびサモナーシステムが解放されます》
《従魔についての説明はヘルプをご覧下さい》

二つ目の文言に戸惑うシュウイであったが、ポーンという電子音と共に運営からのメールが届いた。

「テイマーおよびサモナーシステムの解放についてて……だって？」

4．再びナンの町

無事にクエストをクリアした事で石の卵と石碑が消えてゆく。それを見てエレミヤが呟（つぶや）いた。

「やっぱりワンタイムクエストですか」

「多分な……」

「あの……ワンタイムクエストって、何ですか？」

「あぁ、SRO（スロウ）のクエストには二種類あるんだ。条件さえ満たせば何度でも発生するリピータブルクエストと、誰かが一回クリアしたら二度と発生しないワンタイムクエスト」

「えと……つまり」

「つまり、そのカメさんを持てるのはシュウ坊だけってこった」

「あの……良かったんでしょうか？」

「いや、良いも悪いも、これはそういうゲームだからね」

「そうそう、早いモン勝ちなんだから気にする事（こた）ぁ無（ね）ぇやな」

「実際、私たちにはクリアできなかった訳だからね」

「まぁ、その子を大事にしてあげる事ね」

「はいっ！　そうします」

帰り道では何のアクシデントも無く、関所を片付けていたコボルトやホブゴブリンが手を振って見送ってくれた。無論僕たちも手を振り返して応えた。コボルトは少し及び腰だったみたいだけど……きっと気のせいだよね。

・・・・・・・

そして一行は無事にナンの町に帰り着き、食堂で一服しながら話し込んでいるところである。ちなみに子亀のシルはシュウイの懐に入っている。目立つといけないので。

「さて、先ほど運営から届いたメールだが……」
「テイマーシステムがどうとかってやつだな」

運営から届いたメールにはこうあった。
《プレイヤーの一人が従魔を得る事に成功しました。これによりテイマーシステムおよびサモナーシステムが解放されます。今後、従魔術および召喚術のスキルを持っているプレイヤーは、従魔を得る事ができるようになります。従魔の取得方法に関する情報がアンロックされましたので、該当するプレイヤーはスキルの説明をご覧下さい》

「誰かが従魔化に成功しないと解放されないジョブかよ……」
「相変わらずここの運営は鬼畜ですねぇ……」

「本当なら最初に従魔化するプレイヤーは大変だったんじゃ……今回はシュウイ君が斜め横からクリアしたみたいだけど」
「その分、何かの特典が用意されてたんじゃないか？　……本来は」
「だとしたら……シュウイ君、スキルか称号が増えてないかい？」

言われてシュウイは自分のステータスボードを開いてみる。スキル取得が思いどおりにならないと知ってからは積極的に見る気も失せて、このところは入手したスキルの確認のために時折ちら見するだけだった。久しぶりに眺めたステータスボードに、燦然と輝く一つのスキル、二つのアーツ、そして一つの称号。

「……【般若心経】のスキルが取れてます……なぜかレベルＭａｘで。……それと、【従魔術（仮免許）】と【召喚術（仮免許）】のアーツを取得してます。あと、『神に見込まれし者』っていう称号も……」

「……称号は多分、特撮ファンの運営のプレゼントでしょうね……」

「……どんな効果があるんだ？」

「えぇと……イベントの間は運の値が10上昇し、生命力の値が3を切る事が無くなるみたいです」

「……イベントの間だけにせよ、随分とチートじみたスキルだな」

「その一方で、戦闘とかにはあまり役立ちそうにないというか……使いづらそうではあるな」

「いや、だからこそ、ここまでの効果が貰えたのかもしれんぞ」

「いろいろと物議を醸しそうだから、普段は隠しておいた方が良いわよ」

「……ステータスボードを隠すんですか？」

「違う違う、ステータスボードの表記の一部を非表示にするんだよ」

　ケインたちに教わって、シュウイはとりあえず称号の箇所を非表示にしておく。

「しかし、ようやく使えそうな……いや、他のスキルも充分に使えるんだろうが……少なくとも使い易そうなスキルが、しかもアーツの形で手に入った訳だ」

「良かったじゃねぇか、シュウ」

「ありがとうございます」

「……ちょっと待って。仮免許とはいえ序盤からアーツを持ってるって目立つんじゃない？　いえ、それ以前に【従魔術】と【召喚術】って、両方取れるもんなの？」

　ベルの指摘に考え込む一同。そういえば、このゲームに限らず他のゲームでも、従魔術師（テイマー）兼召喚術師（サモナー）というのは見なかった気がする……。

「……他のゲームだと、従魔術や召喚術はテイマーやサモナーの職を選んだ場合にのみ取得するスキルなんだが……あぁ、これだ。序盤で取得できるのは【テイム】か【サモン】のどちらか一方のスキルのみ。もう一つを追加で取得するには、スキルレベルが25以上で、かつスキルポイントを50ポイント支払う必要がある」

「実質的に無理だろうな」

「……ってぇと、シュウのこれはシステム解放特典ってやつか？」

「……二つ表示させとくのはヤバいかもね」

「シュウ、当分は非表示にしとけ。表示させる時も、どっちか一つだけにしろ。ついでに、ヤバそうな他のレアスキルも非表示にしちまえ」

「……そうしておきます」

5．クラス会？

ケインさんたちと話し込んでいると、ピピッという電子音が鳴って、ウィスパーチャットが届いた事を知らせた。相手は……タクマか。ケインさんたちに一言断ってチャットを繋ぐ。

『タクマ？』

『シュウ、今良いか？』

『うん。何？』

『いや、やっと仕事を終えてナンの町に戻って来たんだ。で、会えないかと思ってな』

『あ～……ちょっと待って』

ケインさんに今後の予定を聞いてみないと。

「ケインさん。友人が今から会えないかって言ってるんですけど？」

「ん？　良いんじゃないか？　この後は特に用事も無いし」

「フレンド登録はしてあるから、いつでも連絡はつくしね」

「シュウは今後どうすんだ？　またトンの町に戻んのか？」

「あ～……まだ決めてませんけど、多分……」

「僕たちもナンの町を拠点にするかどうか決めかねているんだよ。まぁ、決まったら連絡するから」

「自分たちは今夜は『酔いどれ兎亭』に泊まるつもりだから、何かあったら訪ねて来てくれ」

「はい。ありがとうございます」

ケインさんたちの許可を得たので、タクマとのチャットに戻る。

『タクマ？　会うのは良いけど、どこで？』

『おっ、大丈夫か。じゃあ、「紫の息吹亭」に来てくれるか』

『……凄そうな名前だけど……ソコって、大丈夫な店？』

『あぁ、心配ねぇから早く来い。んじゃ』

　相変わらず唐突に切るなぁ……。

「あの、『紫の息吹亭』ってどこかご存じですか？」

「ん？　あぁ、この店の前の道をず～っと左に行くと、まず見落としっこない看板があるから判るはずだ」

「あの……その店……大丈夫なんですか？」

「ふふっ、凄い名前だけど大丈夫。真っ当な居酒屋兼宿屋だから、安心しなさい」

「はい。それじゃ、失礼します」

　お世話になったケインさんたちにお礼を言って別れる。きっとまた会えるだろうしね。

・・・・・・・・

「紫の息吹亭」は、確かに見落としっこない看板が掛かっていて、すぐに見つける事ができた。

ショッキングピンクの地に紫一色で描かれた、薔薇(ばら)をくわえた骸骨の絵なんて、そりゃ見落としっこないよね……。

「シュウ、こっちだ」

　店内を見回していると、店の片隅にあるテーブルから黒ずくめのタクマが手を振っていた。テーブルに着いているのはタクマの他に女子二人。多分茜ちゃんと要ちゃんだろう。三人とも、他のパーティメンバーはどうしたのかな？

「始めたばかりのリアフレにゲームの説明するって言って、遠慮してもらったの」

「癇癪(かんしゃく)持ちでキレ易いっていったら、誰も来なかったんだよな」

「何て事言うのさ！」

「まぁまぁ、冗談だ。で、解ると思うが、こっちが……」

「センだよ。で、こっちがカナちゃん」

「こっちでは初めまして、だね。シュウ君」

　センと名告った方が茜ちゃんで、カナというのが要ちゃんだろう。二人共ほぼ現実と同じ容姿だけど、要ちゃんは眼鏡をかけていないな。

「二人とも同じパーティだっけ」

「うん。シュウ君が名前を付けてくれたワイルドフラワー」

　二人のパーティ名は、βテスト時代に僕が提案した名前なんだよね。給仕のおねーさんに食事と飲み物を注文して、SRO（スロウ）内での食事会が始まる。

全員分の料理が揃ったところで、僕は懐からシルを出してやる。

「あれ？　シュウ君、その子は？」

「シルっていうんだ。僕の従魔」

「え？　……って！　それじゃあ、運営が言ってた……」

　僕は口許に人差し指を当てて、息を呑（の）むカナちゃんに黙るように合図した。

「……うん、ごめんね、シュウ君」

「まさかと思ったけど、やっぱりシュウかよ。何やったんだ？」

「あ～……ここじゃ何だから、詳しくは明日にでも」

「了解。んで、昼にチャットしてくれた件な。詳しく話してもらえるか？」

「うん。今日のうちにケインさんたちと様子を見てきた。凄いよ～、SランクとAランクのツインヘッドグリフォンの群れ。他にもBランク以下がゴロゴロいた」

「ツイン……っ!?　そんな大物なのかよ？」

「うん。素直に回れ右したよ。で、帰りにこの子を見つけたんだ」

「その子の事は明日聞くとして、シュウ君、その話、どうするつもり？」

「うん。ケインさんたちとも話したんだけど、皆に任せるよ。ケインさんたちは心当たりの何パーティかに話すって言ってたけど……二つや三つのパーティじゃ手に負えないだろうって」

功名目当てで抜け駆けしようとする浅はかなパーティが出るんじゃないかって、心配してたんだけどね、ケインさんたちは。僕としては、馬鹿を選別する良いテストなんじゃないかって思ってるけど。

「……一応俺の仲間にも話してみるけど……シュウ、場合によっちゃケインさんたちに話を通してくれるか？　あの人たちがレイドを組むんなら参加したいからな」

「良いよ～。そっちの話が決まったらチャットしてくれたら良いから」

「あ、思い出した。シュウ君、フレンド登録しとこ？」

「あ、だったら私も」

「うん、良いよ～。ていうか、二人の連絡先知らなかったから、タクマに言伝を頼むしかなかったんだよね」

という訳で、滞りなく二人とフレンド登録する事ができた。


「じゃあ、この件はこれで片付いたとして……シュウは今晩どこに泊まんだ？」

「あ……決めてないや。ケインさんたちは『酔いどれ兎亭』に泊まるって言ってたけど……皆は？」

「当然ここに泊まるぜ？」

「部屋、まだ空いてるかな？」

「さぁ、聞いてみるか？」

通りがかった女給のおねーさんに話を聞くと、まだ空いているという事なので、早速一部屋を頼んでおく。これで今夜の宿は確保できたっと。

「シュウイ君は明日以降はどうするの？」

「う～ん。まだ決めてないんだよね。まともなスキルを持ってないから、トンの町の方が安全かなって思うんだけど……」

「確かにモンスターとかは弱いな」

「でも、シュウ君なら何とかならない？」

「いやいや、あか……センちゃん、人間相手の技術は動物には通じにくいからね」

「あ～……やっぱりそんなモンか」

「タクマだって野良犬に噛まれてたじゃん」

「あれは小学校の時だろ。……まだ覚えてんのかよ」

「他にも色々覚えてるよ。タライに乗って流された事とか……」

「解った、解ったからもう黙れ」

こんな感じで和やかに談笑していたんだけど
……そうだ。

「あ、そうだ。半日分の護衛ってどんなの？　聞いておこうと思ったんだ」

「あ～……あれか」

「う～ん……護衛って言うか……」

「要するに牧羊犬の真似ね」

「……どういう事さ？」

聞いてみると、要はナンの町で買った家畜を自分の牧場に連れて行く依頼人に同行して、家畜が迷子になったり逃げ出したりしないように、群れの周りを囲んでおくという仕事だった。

「家畜の数が多いから、人数だけは必要なのよ」

「楽と言えば楽なんだけど、その代わり依頼料が安くて半日拘束されるから、いつも集まりが悪いんだって」

「まぁ、半分は人助けみたいなもんだな」

へぇ～……冒険者も色んな仕事があるんだね。


――――――――――

《シュウイのスキル／アーツ一覧》

レベル：種族レベル3
スキル：【しゃっくり　Ｌｖ２】【地味　Ｌｖ

３】【迷子　Ｌｖ０】【腹話術　Ｌｖ３】【解体　Ｌｖ５】【落とし物　Ｌｖ６】【べとべとさん　Ｌｖ２】【虫の知らせ　Ｌｖ２】【嗅覚強化　Ｌｖ１＋】【気配察知　Ｌｖ１＋】【土転び　Ｌｖ１】【お座り　Ｌｖ０】【掏摸　Ｌｖ０】【イカサマ破り　Ｌｖ０】【反復横跳び　Ｌｖ０】【日曜大工　Ｌｖ０】【通臂　Ｌｖ１】【腋臭　Ｌｖ１】【デュエット　Ｌｖ５】【般若心経　ＬｖＭａｘ】

アーツ：【従魔術（仮免許）】【召喚術（仮免許）】

ユニークスキル：【スキルコレクター　Ｌｖ４】

称号：『神に見込まれし者』

従魔：シル（従魔術）

挿話　スキル余話～【腋臭】と【通臂】～

幻獣の卵解放クエストで活躍……というか、強烈な存在感を示した【通臂】と【腋臭】のスキルであるが、シュウイにとっては色々と苦労させられたスキルでもあった。

・・・・・・・・

「う～ん……妙なスキルを拾ったなぁ」

シュウイは新たにスキル欄に追加されていた二つのスキルを見て困惑していた。その名も【通臂】と【腋臭】。名前からして胡散臭(うさんくさ)い。

しかし、「スキルコレクター」を使ってゲームを楽しもうと決めた以上、どんなに胡乱(うろん)なスキルであろうと、使い心地を確かめておく必要がある。現状その胡乱スキル以外に、自分が頼れるものは無いのだから。

「まぁ……相手無しでも検証できそうなのは幸運(ラッキー)なのかな。とりあえず町を出よう」

さすがにシュウイも、人前で怪しげなスキルを使いたくはない。なので狩りにでも行くふりをして、フィールドでスキルの使い勝手を試すつもりでいた。

一つの不幸は、このところシュウイは警戒スキルとして【気配察知】と【嗅覚強化】を重ねがけして使っており、フィールドに行く場合は常にそれらをオンにしていた事であった。

そしてもう一つの不幸は、二つの警戒スキルの常時展開が当たり前になり過ぎて、オンにしている事をしばしば忘れがちな事であった。

だから……こんな悲喜劇が発生する下地はあっ

たのである。

「●×？　＊＠＃⁉っっ□＊‼仝――ッ☆★～～ッ！」

言葉にならない奇声を発してのたうち回っているのはシュウイである。

【嗅覚強化】をオンにしたまま【腋臭】スキルを使うという失策をやらかした結果であった。

「……あ～……酷い目に遭った……」

頭蓋骨の内側から鼻の奥を摑まれて、そのまま頭部から引き剝がされそうな気がした。あれは人間に耐えられる刺激ではない。よくも死に戻りをしなかったものだ。

迂闊にも間抜けな使い方をしてしまったため、【腋臭】スキルの適切な評価はできていない。【嗅覚強化】を切った上で、リトライする必要があるだろう……心底気が進まないのだが。

その後、通常の状態でおっかなびっくり【腋臭】スキルを発動させ、本来の効果について確認を済ませたのだが……実はこの【腋臭】というスキル、使い方によっては有効な反面で、非常に癖のあるスキルであった。

まず、嗅覚を強化しない普通の状態でなら、スキル使用者本人が感じる悪臭はそれほどでもない。その一方で、周囲の者は耐え難いほどの悪臭に見舞われる。

強烈な悪臭を発するため、野生動物や低位のモンスターには襲われない。その代わり居所は一目瞭然……いや一嗅瞭然になる上に、遠距離攻撃に対してはほぼ無力。レベル1では強い悪臭を発し、レベル2では触れたものにその悪臭が移り、レベル3に育って初めて悪臭の強弱調節や消臭が可能になるというやんちゃな仕様。それが祟って、いつでも取得早々に――パーティプレイヤーや女性プレイヤーには名前を見ただけで――捨てられるという不憫なスキルであった。ちなみにレベル4

では、臭わない悪臭という不思議なものを出せるようになる。実態は無臭の毒ガスである。

「運営も、何を考えてこんなスキルを作ったんだか……」

・・・・・・・・

「……で、もう一つのスキルなんだけど……【通臂】ねぇ……」

「西遊記」や「本草綱目」に出てくる「通臂猨」というのが河童（かっぱ）の元になった妖怪の一種で、左右の腕の骨が案山子のように体内で一本化している──従って、右腕を伸ばそうとすると左腕が縮み、その代わりその分だけ右腕は長く伸ばす事ができる──事ぐらいはシュウイも知っている。その名を冠したこのスキルも、どうせその手の効果があるのだろうと見当は付く。

ただし、こちらも実際に使ってみないと、効果のほどは判らない。何よりこのゲームでは、スキルは取得しただけではレベル0のままであり、この状態ではスキルの詳細が解らない──名前と簡単な説明だけしか表示されない。スキルを一度使う事によってレベルが1に上がり、同時にヘルプが解放される訳だが……名前からして安易に使いづらいスキルというのはあるのである。この【通臂】のように。

「周りに人はいないよね？　……じゃあ、【通臂】！」

思い切りよく件のスキルを発動し、右手を伸ばしてみる。

「おぉ……本当に伸びた……わははははは……」

右腕が倍近い長さに伸び、左腕が縮こまった。確かに笑うしかない姿である。そしてこの異様な姿、遠目に見た者にはどう見えるかというと……

「ひっ！」

「何⁉　あれ！」

遠くから聞こえた声に思わずシュウイが立ち上がる……異様な姿のまま。

実はこの時、傾きかけた夕陽はシュウイの背後にあり、逆光でシュウイの容姿は能く見えなくなっていた。その一方で、彼の異様な影は地面に長く伸びており、遠くにいた者たちは、最初はその影に怯えたのであった。しかし今は、うっかり仁王立ちになったシュウイの怪異な姿が、逆光の中に浮かび上がっている……。


「ば、化け物っ！」

「え？　人型のモンスター？」

まずいっ、と思ったシュウイが咄嗟（とっさ）に【通臂】を解除したのが、この時は完全に裏目に出る。

「え⁉　腕が縮んだ⁉」

「いや、元に戻った！」

「あれは……河童だ！　祖母（ばあ）ちゃんが言ってた！」

「そんな妖怪が実装されてんのかよ！」

（違うよっ！）

妖怪扱いされたシュウイの心の叫びも空（むな）しく、しばらくの間河童を探すプレイヤーたちがトンの町の郊外を騒がせたのであった。

◆第九章　運営管理室

その時、SRO運営管理室のスタッフは、全員がモニターを凝視していた。

　ある者は我が意を得たりとばかりに楽しげに、ある者は疲れ切ったような顔つきで、またある者はその表情に諦観を浮かべつつ。

「幻獣の卵が解放されたか……」

「まだ王都どころかシアの町すら開放されていないというのに……」

「ここまで早いとは……想定外だ」

「予定していたシナリオはどうなります？」

「判らん……変更する必要が有るのか無いのかすら……」

困惑の表情を顕わにするスタッフを尻目に、管理室長の木檜は上機嫌であった。

「いや〜、シュウイ君は『トリックスター』として実に優秀だな。このまま頑張って欲しいところだ」

じっとりとした視線を向けるスタッフたち。

「チーフ、ご機嫌なのは趣味が合ったからじゃないんですか？」

「リクエストだけならともかく称号まで与えて……どういうつもりなんです？」

「彼が【デュエット】を持っている時点で、クリアされるのは時間の問題だった。むしろ、リクエストという形でこちらから課題を与えた訳だから、難度は上がっているはずだ。それを見事にクリアしたんだから、称号の一つや二つ当然じゃないかね？」

しれっとした表情で言い抜けようとする木檜だ

が、スタッフもそんな言葉には誤魔化されない。共犯者の徳佐（とくさ）などは、ＢＧＭどころか背景にレーザー光のエフェクトを顕現させようとまでしていたのだ……阻止したが。

「問題は、『トリックスター』の彼が幻獣を手に入れた事です。ただでさえ秩序の破壊者である『トリックスター』が幻獣まで手に入れたとなると、どんな事態が起きるのかも、その影響がどこまで及ぶのかも、予想が付きません」

「それこそが『トリックスター』に期待される役割じゃないかね。その意味では彼は実に優秀だと言える」

「正直……自分は『トリックスター』には不同意なんですが……」

「既に上層部が決定した事なんだ。今更文句を言っても始まらんよ？」

　先ほどから話に出ている「トリックスター」とは、ＳＲＯ（スロウ）の上層部が実験的に導入しているもので、特定のプレイヤーの行動をゲーム世界のイベントやシナリオにまで影響させる事で、定型的（テンプレ）なゲーム展開を打破しようという試みである。そのための隠し要素として、ゲーム内には「トリックスター」と呼ばれるいくつかのスキルやアイテム、キャラクターが隠されており、それらをプレイヤーが入手、あるいはそれらと接触する事で、プレイヤー自身が「トリックスター」として行動する事が期待されていた。なお、「トリックスター」については完全な隠し要素とされており、公式サイトでも言及されていない。

　ゲームバランスを斜め方向に偏らせる、それだけを期待して設定された「トリックスター」がゲームにどのような効果を及ぼすかは誰にも読めないため、直接の管理に携わる運営管理室のスタッフには、面白い反面で面倒な代物であると認識されていた。できればもっと後になってから解放されてほしかったというのが、管理スタッフ一同の偽らざる心境であった。

更に問題はそれだけでなく……

「けど、ナンの町外れ、つまり南の地で、よりにもよってウォーキングフォートレス、すなわち亀を解放したんですよ？　四聖獣システムが動き出すんじゃ？」

「まだポールシフトの件も明らかになっていないのに……」

「そうなったらそうなった時の話だ。そもそも、それを期待して『トリックスター』を設計した我々が警戒するのは、矛盾していないかね？」

「設計の連中はともかく、実際に管理作業に携わる立場としては、予定外の出来事というのは面倒以外の何物でもないです」

「それに……あの少年は幻獣をトンの町に連れて行くつもりなんでしょうか？」

「ナンの町で成長し活躍する事を想定していたんですが……こういうケースは……」

「初っ端からこれじゃあ、四聖獣にしても今後どう転ぶか判りませんよ？」

SROの設計チームが仕込んだ、もう一つのギミックが目覚めようとしていた。

◆第十章　篠ノ目学園高校（火曜日）

1．昼休み

翌日の昼休み、僕たち――いつもの三人に要ちゃんを加えた四人――は、恒例となった屋上での昼食会を開いていた。


「今日は要ちゃんも参加なんだね」

「ええ。当番が終わったから、しばらくは大丈夫かしら」

「あ〜、当番だったんだね」

「でも、放課後は当分一緒できないみたい」

「図書委員も大変だね。で、何かめぼしい本は購入できたの？」

「茜ちゃん、一年生の分際で、そんな事できる訳無いでしょ？　しばらくは大人しくしていなくちゃ。急いては事をし損じるのよ？」

うん、要ちゃんは相変わらずだね……。

「私の事より蒐君でしょ。あの子の事、話してもらうわよ？」

台詞だけ聞いてると、何か浮気を問い詰められているみたいだね。違うけど……。

「昨日言ったとおりだよ？　偵察の帰りに貰ったんだよ」

「どこで？　誰から？　どういう具合に⁉　ちゃんと省略しないで話してよ！」

「え〜？」

要ちゃんに怒られて、シルを貰った経緯を、【虫の知らせ】を感じたところから逐一話す羽目になった。話を聞いた要ちゃんの感想がコレ。

「何というか……蒐君って、思った以上に変なスキル使ってるのね……」

「しかも、結構使いこなしてるのがね〜」

「何でそこまで言われなきゃなんないのさ。僕、不運にもめげず頑張ってるのに」

「スキルがどれもこれも斜め上にチートっぽいだけに、悲壮感が無いのがな……」

「チートって……うん、まぁ、意外と使えてるけど……でも、結局は不意を衝くとかばかりで、直接攻撃には使えないんだよ？」

「あ～……蒐君にとっての問題点はそこか～」

「でも、蒐君ならモンスターくらいどうにかできるんじゃない？」

「無理だって。人間以外の生き物に、そうそう体術なんか通用する訳無いじゃん」

「う～ん、そうなの？」

　茜ちゃんは疑わしげに匠の方に視線を向ける。

「まぁ、確かにやり辛(づら)いな」

「実際に野良犬に咬(か)まれた匠君が言うと、重みがあるわよね」

　これは要ちゃん。

「おう、経験者は語るってやつだ」

　匠のやつ、小学生の時に野良犬に石を投げて咬まれてたからなぁ。


「それで蒐君、一応武器は持ってるのよね？」と、要ちゃん。

「うん。クロスボウに杖、あとは短剣、手裏剣、バグ・ナクに吹き矢」

「どんなラインナップよ……特に後半三つ」

「前にも言ったけど、ＰＫ殺(キル)して拾っただけだよ？」

「あぁ……そんな話もあったわね……」

「けど……こうしてみると、モンスターを相手取るには打撃力と火力に欠けるな」

　祖父ちゃん直伝の歌枕流にも、さすがにドラゴン相手の闘い方なんかは伝えられてないからね。大体、あんな怪獣サイズの生き物、武術でどうこうできる訳無いじゃん。僕は「スキルコレクター」のせいで、対モンスター用の武器スキルを取得するのは絶望的だし……。

「あ～……それはあるね」

「だから、僕にはモンスターの相手なんか無理なんだってば」

　そう言ったんだけど、ここで匠が余計な事を言い出した。

「あの従魔はどうなんだ？　なりはチビでも幻獣の子供なんだろ？」

「あ！　そうだよ蒐君。従魔術師(テイマー)なんだから、従魔を使役して闘えば良いんだよ」

　……あんなちっちゃい子(シル)を？　それに……

「言わなかった？　シルは防御特化型だよ？」

「……攻撃スキル持ってないのに、何で防御特化にするんだよ……お前は」

「だって、防御スキルも持ってないもん。そもそも碌(ろく)なスキルが取れないのに、モンスターに突っ込んで行くなんてあり得ないよ」

「そう言われれば、そうね……」

「けどな、蒐。お前この先もずっとトンの町に引き籠もるつもりか？」

「う……それを言われると」

　折角のゲームなんだから、僕だって冒険したいのは山々だ。けどなぁ……。

「攻撃手段の獲得は必須だぞ？」

「やっぱり【従魔術】か【召喚術】のアーツを使うしか無いんじゃない？」

「いや、待て。……確か【従魔術】も【召喚術】も、最初の従魔を入手した後で獲得するはずだぞ？　あのチビはどっちの扱いなんだ？」

「蒐君、後でそれぞれのアーツを確認してね。どっちかに従魔登録してあるはずだから」

「チビが登録されてない方のアーツは非表示にしとけ。不自然だからな」

「待って。……逆に、幻獣が未登録の方のアーツで、攻撃能力のある従魔を改めて獲得するっていうのもありじゃない？」

「あ～……それもありだね」

「だけど、そうすると仮免許とはいえ【従魔術】

と【召喚術】を両方持ってるのが判っちゃうよ？　それに、シルを表に出さないで日陰者にしろって言うの？」

「う……それがあったわね」

「じゃあ、同じアーツで……って、現時点で従魔を二体も持ってるのは不自然か」

「それにさぁ、従魔術師(テイマー)も召喚術師(サモナー)も魔法職でしょ？　魔法を全く使えない僕がプレイしたらおかしくない？」

「確かに、目立つのは目立つだろうな……」

「う～ん。でも蒐君、それこそ、あの子をずっと隠しておく訳にもいかないでしょ？」

「どっかのタイミングでカミングアウトしないとまずいだろうな」

　僕が口を出す暇もなく、今後の方針が決められていく。

「うわ～……何て面倒臭いゲーム」

「いや、面倒臭いのはお前の立場の方だからな？」

「何であれ、あの子を前面に出す以上、レベリングは必要よね」

「レベリング？」

「ええ。従魔もプレイヤーと一緒で、強敵と闘う事でレベルアップするはずよ、確か」

「あ～……紙装甲なのに、とうとうモンスターデビューかぁ……」

「ま、紙装甲を守ってくれる幻獣なんだから、レベルアップは必須だろ」

「トンの町の周辺なら、そう強いモンスターは出ないはずだよ。頑張ってね♪」

　茜ちゃんの無情な笑顔に撃沈されてると予鈴が鳴ったので、僕たちは教室に戻った。

2. 放課後

図書委員会の用事がある要ちゃんを除いて、僕たち三人は教室に残って話し込んでいた。

「う〜ん、やっぱり蒐君は、表向き従魔術師（テイマー）か召喚術師（サモナー）でやってくしか無いんじゃない？」

「そうなのかな……」

「微妙スキル研究家って看板でやってきたいなら、別に止めはしないけどな」

「うっ……」

「それから、変に追及されたくないなら、あのチビを見つけた時の説明……っていうか、表向きのカバーストーリーを考えておけよ」

「カバーストーリー？」

「別に難しく考えなくても良いんじゃない？　あるワンタイムクエストで手に入れたけど、そのクエストの事は言えない、で充分だと思う」

「まぁ……妥当かな？」

「幻獣って事さえ隠しておけば大丈夫だよ」

「ううぅ〜……面倒臭いよぅ……」

「それから、もうしばらくはあの子を表に出しちゃ駄目よ？　従魔を獲得したプレイヤーはまだ少ないはずだし、公表するにしても、もう少ししてからじゃないと、怪しまれるから」

「うぅ〜……（泣）」

僕が力無く机に突っ伏していると、匠の声が聞こえてきた。

「けど……アドバイスするにしても、門外漢の俺たちじゃ限界があるな」

「そうだね……蒐君は従魔術師（テイマー）か召喚術師（サモナー）の知り合いっていないの？」

「始めたばかりなのに無茶言わないでよ……茜ちゃんたちの方こそ、魔法職繋がりで伝手とか無いの？」

「魔法職って言っても、従魔術師（ティマー）と召喚術師（サモナー）は少し特殊だから……」

「そうなの？」

「あぁ。このゲームでは従魔もパーティの人数にカウントされるから、従魔術師（ティマー）や召喚術師（サモナー）はパーティを組みにくいんだ。従魔がパーティの人数枠を圧迫するからな」

「組むとしても、同じ職業同士で組むのが普通だよね」

「……ぼっち職？」

「そういうんじゃないから」

「けど、まぁ、従魔術師（ティマー）もしくは召喚術師（サモナー）用の掲示板を覗くくらいしておけよ？」

「あの子のためにも頑張ろうね、蒐君♪」

　茜ちゃんの背後にコウモリの翼と黒い尻尾が見えた気がする……。

・・・・・・・

　何か疲れたのでもう帰ると言ったら、疲れた頭には糖分だって茜ちゃんが言い出して、「幕戸」――正式名称「帳と扉」――に寄っていく事になった。茜ちゃんはここのパフェがお気に入りだから、何かと理由を付けては寄りたがるんだよね。

「う～ん、美味♪　SRO（スロウ）でも甘味が食べられると良いのに……」

「あれ？　無いの？」

「あぁ、【調理】持ちのプレイヤーが頑張ってるけど、どうやらデザートは別のスキルらしくてな」

「あ～……蒐君、【パティスリー】っていうスキルとか持ってないの？」

「あるの？　そんなスキル」

「判んない。あれば良いなって思っただけ」

「でもさ、そのスキルなら捨てる人はいないんじゃない？　僕が拾えるのは、基本的に誰かが捨てたレアスキルだから……殺して奪う訳にもいかないし？」

「モンスターからも奪えるんじゃないの？」

「お菓子を作るモンスターっているの？」

「いるんならテイムして欲しいかな～」

「いや……SRO(スロウ)でどうかは判らんが、確かシルキーって家事好きの妖精がいなかったか？」

「蒐君！　その子をテイムすれば左団扇(ひだりうちわ)だよ!?」

「嫌(や)だよ。引き籠もり決定じゃん」

「蒐は戦闘力の高い従魔を得る方が先だろ？」

「でも匠君？　トンの町の周辺だと、そんなに強いモンスターとは出会わないでしょ？」

「強い従魔が得られないからトンの町を出られない、トンの町を出られないから強い従魔が得られない。見事に完結したな」

「うぅぅ～……（泣）」

「とりあえずはシルちゃんのレベリングだね。シルちゃんが強くなってくれれば、蒐君もトンの町から出られる訳だから」


茜ちゃんの言うとおりにするしか無いかぁ……。

◆第十一章　イーファンの宿場へ

1．乗合馬車の旅

SRO（スロウ）内での翌朝、しばらくナンの町に留（とど）まるというタクマたちと別れて、僕はトンの町に戻る事にした。勿論乗合馬車を使うよ？　一人旅で野営って、徹夜確定じゃん。

早めにログインしたお蔭で、トンの町へ向かう朝一番の便に間に合った。早朝というのに馬車には既に四人のお客さんがいた。うち二人は、ナンの町に仕入れに来たという道具屋の小父（おじ）さんと小母（おば）さん。ナンの町には食器を仕入れに来たんだそうで、二人して大荷物を抱えていた。後の二人は冒険者――プレイヤーだった――の女の子で、何と従魔術師（テイマー）と召喚術師（サモナー）らしい。

一人はピンクの髪を短めのツインテールに纏めた、僕よりも小柄な女の子だ。どことなく茜……センちゃんに感じが似ている。もう一人は青い髪を腰まで伸ばした利発そうな女の子で、僕と同じくらいの背丈……少し高いような気がするのは気のせいだ。気にしないよ、うん。

「ナンの町でテイマースキルが解放されたんだけど、あの町の近くには良い子がいなかったから、トンの町に戻るの」

そう言ったのはロングの髪の女の子。

「良い子って……従魔の事？　でも、トンの町よりナンの町の方が強力なモンスターに出会い易いって聞いたけど？」

僕の疑問にはツインテールの女の子が答えてくれた。

「可愛（かわい）くないのは駄目！」

「あ～……愛玩（そっち）派の人なんだ」

「うん！　モフモフ以外は欲しくない！」

「あはは……お隣さんもそうなのかな？」

「私は召喚術師（サモナー）なんだけど、メイちゃんの意見には同意かな？　やっぱりモフモフした子が欲しいし」

　二人が口を揃えて言うには、SRO（スロウ）では毛並みの良い動物を思いっ切りモフれると聞いて、一も二も無くこのゲームに参入したそうだ。気合いが入ってるなぁ。

「けど、召喚術師（サモナー）さんって、最初から召喚する魔獣を選べるんだ？」

「実際に闘ったモンスターから選ぶみたいで。ナンの町の周りで見たのは鱗系（うろこけい）のモンスターばかりだったから」

「あれ？　コボルトがいなかった？」

「コボルト？　いいえ、見なかったけど、どこにいたの？」

　あ……余計な事言っちゃったかな？　適当に誤魔化しておくか。

「何か、北の方に向かう道で見たとか言ってたよ。僕も話しているのを立ち聞きしただけだし、詳しい事は知らないけど」

「う～ん……でも、コボルトかぁ。……微妙かなぁ……」

「モフモフの範疇（はんちゅう）には入らないの？」

「可愛くないのは駄目！」

　手を振ってくれた姿は結構可愛かったけどな。……ホブゴブリンもだけど。

「自己紹介が遅れたわね。私はニア、召喚術師（サモナー）よ。こっちの子はメイ、従魔術師（テイマー）ね」

「あ、僕はシュウイ、なりたての冒険者だよ」

「で？　私たちがトンの町に戻る理由は言ったとおりだけど、シュウイ君は？」

「あ、僕は元々トンの町で活動するつもりで。こっちには知り合いの人たちに連れて来てもらったんだよ。知り合いにも会いたかったし」

　……嘘は言ってないよね？

「シュウイ君の知り合いって、ナンの町にいるの？」

「うん。ワイルドフラワーってパーティにいる二人と、それから、（ヤバい、タクマのパーティって何だったっけ）……パーティ名は忘れたけどタクマってやつ」

「ワイルドフラワー……って、魔法職の女の子ばかりのパーティだよね？」

「βテストのパーティよね？」

「うん、確かそうだったよ」

さすが、センちゃんとカナちゃんのパーティは有名らしいね。

「じゃあ、シュウイ君もβプレイヤーなの？」

「僕は違うよ。さっき言ったタクマってやつはβプレイヤーだけどね。僕の方は始めたばかりの新人」

「にしては……得物（えもの）は杖？」

「あ〜、まだ将来何になるか決めかねてて……方針も決まらないのに武器だけ先に買ってもアレだし、あまり高くない杖にしたんだ。あとは遠距離用に弓」

これも嘘じゃないよね？　クロスボウも弓には違いないし。

「弓って、不遇スキル扱いされてなかった？」

「そうなの？　まぁ、どうせ主武器にはしないつもりだけど、それでも遠距離攻撃の手段があれば安心じゃない？」

「あ〜、サブウェポンとしてなら良いのかなぁ……」

「弓ってそんなに不遇なの？」

ちょっと興味が出てきたな。クロスボウもそうなんだろうか。

「何かね、当たらない、刺さらない、金がないの三ない武器らしいよ」

「……最後のは何？」

「ほら、矢って消耗品だから」

「……僕も練習した方が良いのかな。サブウェポンだからって、練習してないんだけど……」

「やっといた方が良いんじゃないかな、多分」

……有益な情報を貰えたのは一応収穫だよね。前向きに考えよう。うん。

「二人は戦闘の時はどうするの？　従魔？」

「ん～ん」

「そもそもまだいないし」

「あれ？　ニアちゃ……さんもそうなの？」

「ニアでいいよ。うん、私もまだ従魔無し」

「二人とも戦闘は魔法頼みだよ」

「おお……憧れの魔法かぁ」

「シュウイ君は魔法スキル、取ってないの？」

「あ、うん。さっきも言ったけど、どういう生き方をするか模索している段階。いわゆるモラトリアムってやつ？　なので、まだスキルはほとんど取ってません」

……うん、間違ってないよね？

「へぇ～……そういう方針の人って、初めて見たかも」

「でも、そういうのもありかなって気もするわね」

そんな他愛（たあい）の無い事を話している間にも、僕たちを乗せた馬車はイーファンの宿場に向けて進んで行った。

2. イーファンの宿場

途中二度ほど馬を止めてそれぞれ二時間ほど休憩したけど、昼過ぎにはイーファンの宿場に着いた。今日はここで一泊する事になる。商人の小父さんと小母さんは、ここが目的地なのでお別れだ。二人とも大荷物を軽々と担いで去って行った。

「シュウイ君はどこに泊まるの?」
「決めてない。冒険者ギルドへ行って聞こうかと思っているんだけど?」
「あ〜……それじゃ、私たちも一緒に良い?」
「うん、良いよ」

可愛い女の子を二人も連れてると、絡まれるのがテンプレなんだよなぁ……とか考えていたら、別のテンプレに巻き込まれた。

「ねぇねぇ、彼女。良かったら俺たちのパーティに入らない?」

チャラい感じの男がそう言い寄って来た……僕・に。

「僕・は・男・だ」
「嘘っっ! そんなに可愛いのにっ!」

嘘? 嘘って言った? 可愛い? 誰が? 誰が言った? この口か? ……

・・・・・・・・

「すみませんが、ギルド内での暴力沙汰はご遠慮下さい」

肩に手を置かれて……というか、しっかりと止められて我に返った。

ふと見ると、僕の左手はチャラ男の喉笛を握り潰すところで、右手の中立ち一本拳は人中の急所に向けて構えられていた。職員のお姉さんはその右の二の腕を押さえている。チャラ男は白目を剥(む)いていて、その口からひゅーひゅーという音が漏れている。

　――何だ、まだ息はあるみたいだ。

「あぁ、すみません。つい我を忘れたようで」

「いえ……正気に戻って戴けて助かりました」

　正気に……って、僕、そんなにヤバかった？

「それで……ギルドには何のご用でしょう？　あと、できればその手を放して戴けると……」

　あ、チャラ男を摑んだままだった……。

「あ、いえ。今夜泊まる宿を紹介してもらえないかと思いまして……できたら変な男に絡まれないような宿を……」

　職員のお姉さんはちらりとチャラ男――何か痙攣(けいれん)してるけど――を見遣(みや)ると、軽い溜息(ためいき)を吐(つ)いて頷いた。

「解りました。本来ギルドが宿の斡旋(あっせん)を行なう事は好ましくないのですが、拠所(よんどころ)ない事情があるのは明らかですので、特別にご紹介致しましょう」

・・・・・・・

　多少納得のいかない台詞があったけど、職員のお姉さんに紹介してもらった宿は「止(と)まり木亭(ぎてい)」といって、本来身元の不確かな者は泊めない宿らしい。僕らは紹介状を貰ったけど。

　宿の女将(おかみ)さんに紹介状を渡すと、一通り目を通した後で聞いてきた。

「三人部屋かい？」

「いえ。僕は一人部屋で、この二人は……」

「二人部屋で」お願いします」

「あいよ。うちは朝夕の食事付きで一部屋一泊五百G、二人部屋は一人当たり四百五十Gだけど、良いかい？」

　二食付きで安全保障があるのなら安い値段だろう。僕も二人もOKした。

「……でも意外～。シュウイ君ってもっと大人しいというか……物静かな印象があったんだけど……」

「……小学校に上がる前から変質者に付け回されたり、攫われかけたりしてごらんよ……脊髄反射で反撃が刷り込まれるから……」

「あ……うん……なんか、ごめん」

・・・・・・・・

宿を取った後もまだ日は高かったので、二人は外へ買い物だか見物だかに出かけたみたいだけど、僕は疲れたと言って部屋に引き籠もらせてもらった。実際、あのチャラ男のせいで疲れたしね。

部屋に鍵をかけて一人になると、懐からシルを取り出す。ずっと懐の中で大人しくしてくれてたしね。ナンの町を出る前に買いだめしておいた食糧と水をアイテムバッグから出して、シルに食べさせる。特に食事を与えなくても、契約者の精気を吸って成長すると書いてあったけど、仲間なんだから一緒に食事をするのが大事だと思うんだ。

「シル、出してやれなくてごめん。さ、食べよう」

謝るとシルは気にするなと言うように小さな首を振って、それからおもむろに果物――ちゃんとカットしてあるよ？　当然じゃん――の方へ近寄って、上品に口を付ける。カメって、こんなに上品に食べたっけ。僕も同じものを一切れ食べる。その後は、シルが口を付けたのと同じものを僕も一切れ食べるという事を繰り返した。

満足したように食べ終えると、シルは大きく伸びをして、その後は部屋の中をただ歩き回った。ずっと懐の中にいたから運動したいんだろうと思って、好きなようにさせておく。その間僕は、今日二人から聞き出した内容をメモに整理したり、掲示板を眺めたりして時間を潰す。

そうこうするうちに夕食の時間になったので、

シルにどうするか訊ねてみたんだけど、そのまま歩いていたいようだったから、シルを残して僕一人で食事に行った。大急ぎで食事を済ませて部屋に戻ると、シルは片隅で眠っていた。

メモの整理などをしていると、タクマからチャットが届いた。


『シュウ、今好いか？』

『好いけど、何？』

『あぁ、お前から聞いたナンの街道封鎖の件な、パーティメンバーに話してみたんだが、結局手を出さない事になったわ。ワイルドフラワーも同じ結論になったそうだから、とりあえず報せとこうと思って』

『あ〜、やっぱりかぁ〜。……偵察も無し？』

『あぁ。で、この情報を拡散するかどうか話し合ったんだけどな、もし掲示板に載せたら、ネタで突っ込んで行く馬鹿が必ず出るだろうって事で、まともな連中にだけ話す事にしたわ。センたちも同じらしい』

『うん、解った。一報ありがとう』

『それだけだ。じゃあな』

タクマなら偵察くらい行くかと思ったけど……安全策を採る事にしたみたいだね。下手に刺激してレイドモンスターがナンの町に暴れ込んだりしたら壊滅決定だし、妥当な判断かな。

入手した情報や今後の予定などのメモを整理した後、灯り（あか）を消してログアウトする。


お休みなさい。

3．メイとニア

メイとニアの二人は、「止まり木亭」に部屋を取った後、町の散策を楽しんでいた。あわよくばボディガードを頼もうとシュウイにも声をかけたのだが、疲れているので休むと言って部屋に引き上げてしまった。もっとも、疲れた理由が凄く納得のできるものだったので、その事に不満を抱いている訳ではない。

二人はあれこれと話しながら、露店の並ぶ通りを歩いていた。時折品物を冷やかしながら。

「む～、やっぱり防具は住民(NPC)製の方がまだ品質が良いか～」

「生産スキル持ちのプレイヤーも頑張ってるけど、こればっかりはね」

「βテストのプレイヤーでも、まだ効果付きの武器や防具は作れないのかぁ」

「まぁ、しばらくはトンの町を中心に活動するんだし、そんなに高い品質は必要無いでしょ」

「でも！　どんな場面で運命の子(モフモフ)に出会うか判らないんだから、できる限りの準備はしておかなくちゃ！」

「それは解るんだけど……無い物ねだりをしても仕方が無いでしょ？」

「む～」

そんな他愛無い話をしながら、二人は時折目に付いたものを買っていく。

「テイムするモンスターはもう決めたの？」

「ん～……プレーリーウルフ(オオカミさん)にしようか、それともホーンドラビット(ウサギさん)にしようか、迷ってる」

「テイムし易いのはホーンドラビットだけど、プレーリーウルフの戦闘力は魅力的だものねぇ……」

「ニアちゃんはどうするの？」

「そうねぇ……今のところ召喚候補リストに載っているのは、プレーリーウルフ、ホーンドラビット、トラップスパイダー、マーチングアント、ファイアリザード、スライムといったところかな」

「虫は駄目！」

「うん、私も虫はパスかな」

　現状、一番魅力的なのはプレーリーウルフなんだけど、大抵群れてるしねぇ……。メイにしてもテイムできるかどうかは、微妙なところよねぇ……。


　モンスターをテイムするためには、そのモンスターと闘って自分の強さを示すのが一般的な方法――というか、現時点で知られている唯一の方法――である。召喚の場合もこれは同じで、一度は闘って自分の力量を示さないと、召喚の契約は不可能と言われている。群れを形成しているプレーリーウルフを自分たちだけで降(くだ)す事ができるのか、ニアは課題の困難さに頭を痛めていた。


　しかし、そんなニアの悩みを他所に、メイは一つの提案をしてきた。

「良い事考えた！　シュウイ君に手伝ってもらうのはどうかな!?」

・・・・・・・・

　タイミングが合わなかったのか、夕食の時にも二人がシュウイに会う事はなかった。

「お願いするのは明日になりそうね。シュウイ君が引き受けてくれれば良いけど」

「ん！　シュウイ君強そうだから、きっとオオカミさんも一捻り！」

「チャラい冒険者を捕まえた時の動き、まるで見えなかったものねぇ……」

　シュウイが手伝ってくれたら、プレーリーウルフをテイムする事も不可能ではないかもしれない。現時点で従魔を獲得している従魔術師（テイマー）や召喚術師（サモナー）は恐らく少数。まして戦闘能力の高い従魔を持っているプレイヤーはほとんどいないはずだ。プレーリーウルフを使役する事ができたら、自分たちが使役職のトッププレイヤーになれるかもしれない。

ニアの期待と希望は次第に膨らんでいった。

――――――――

《シュウイのスキル／アーツ一覧》

レベル：種族レベル3
スキル：【しゃっくり　Ｌｖ２】【地味　Ｌｖ３】【迷子　Ｌｖ０】【腹話術　Ｌｖ３】【解体　Ｌｖ５】【落とし物　Ｌｖ６】【べとべとさん　Ｌｖ２】【虫の知らせ　Ｌｖ２】【嗅覚強化　Ｌｖ１＋】【気配察知　Ｌｖ１＋】【土転び　Ｌｖ１】【お座り　Ｌｖ０】【掏摸　Ｌｖ０】【イカサマ破り　Ｌｖ０】【反復横跳び　Ｌｖ０】【日曜大工　Ｌｖ０】【通臂　Ｌｖ１】【腋臭　Ｌｖ１】【デュエット　Ｌｖ５】【般若心経　ＬｖＭａｘ】
アーツ：【従魔術（仮免許）】【召喚術（仮免許）】
ユニークスキル：【スキルコレクター　Ｌｖ４】
称号：『神に見込まれし者』
従魔：シル（従魔術）

◆第十二章　篠ノ目学園高校（水曜日）

1．昼休み

「え、蒐君、従魔術師（テイマー）と召喚術師（サモナー）に知り合いができたの？」

　要ちゃんを交えた四人で、いつものように屋上で弁当を食べていると、僕の話を聞いていた茜ちゃんがそう突っ込んできた。

「うん。フレンド登録まではいってないけど、それとなく色々聞き出す事は一応できた」

「二人とも女の子って、蒐君も結構やるわね」

「変な邪推しないでよ、要ちゃん。ただの知り合いなんだから。大体、従魔術師（テイマー）と召喚術師（サモナー）に知り合いを作れって言ったのはそっちじゃん」

「けど、言ったその日に作るとまでは思わなかったぞ。……で、可愛いのか？」

「ん～……可愛いと言えば可愛い方かな？」

「匠君、駄目だよ。蒐君の場合、自分と比較しての評価になるんだから」

「よしてよ、茜ちゃん！　昨日も変なチャラ男に絡まれて疲れたんだから」

「……SRO（スロウ）での話か？」

「そうだよ。僕を女の子と間違えて言い寄って来てさぁ……」

「あ～……久々に出たかぁ……」

「年に五、六回は口説かれてるよな」

「そこまで多くないよ……多分」

「いや、そんなもんだと思うぞ」

　これ以上この話題を続けるのは自分にとって不利。そう悟った蒐一は強引に話題を変える。

「それより、弓って不遇スキルなの？　彼女たちが三ない武器とか言ってたけど？」

「あ～……弓はねぇ……」

「当たらない刺さらない金がない、か」

「やっぱり本当なんだ？　クロスボウもそうなのかな？」

「クロスボウは少し違うんじゃない？」

「そう言えば……クロスボウの評価自体、あまり聞かないな」

「プレイヤーが少ないんじゃない？」

「そうなの？　でも、ナントさん、自分の店以外でも、大きな町なら矢（ボルト）は手に入るみたいな事を言ってたよ？」

「運営側として制限する気は無いって事だろ」

「……ねぇ、キャラクタークリエイトの時に表示されたスキルの中に、クロスボウって、あった？」

　要の問いかけに考え込む一同。

「……そう言えば……見なかったような気がするな……」

「僕も……」

「あたし、武器系はあんまり見なかったからなぁ……魔法職に決めてたし……」

「私は一応見たんだけど……憶（おぼ）えが無いのよね……」

「……ボウガンとか弩（いしゆみ）で表示されてた？」

「いや……多分それも無かったと思うぞ……」

　一同思案投げ首の体（てい）であったが、ここで蒐一がある事に気付く。

「……そう言えば、バグ・ナクや吹き矢のスキルも無かったよね。僕、現物を持ってるのに」

「……言われてみれば、確かに無かったわね」

「む～……憶えてない」

「いや……ちょっと待てよ」

　匠はスマホを取り出すとどこかへアクセスしていたが……

「やっぱりだ。公式サイトの説明には、アーツの項目に『暗器術』っていうのがある……そういや、鎖鎌なんてのもあったな」

「……吹き矢とかは隠しスキルって事？」

「クロスボウもそうなのかしら？」

「それか、弓の一種として扱われているのか」

「これは一回試し撃ちした方が良いよ、蒐君」

「クロスボウて、町中で撃ったらまずいんじゃなかった？」

「SRO（スロウ）でもそうなのかしら？」

「判らんが……あの運営の事だからな。罠（わな）かもしれん」

「これはもう、お外で練習決定だね、蒐君♪」

「茜ちゃん……何でそんなに楽しそうなのさ……」

「蒐、外に出る前に、冒険者ギルドの訓練場で弓の稽古をしとけ」

「冒険者ギルドに訓練場なんてあるの？」

「あぁ、初心者は大抵そこで剣術や槍術（そうじゅつ）のレクチャーを受けるんだ」

「そっかぁ……僕、知らなかった」

「まぁ、蒐君には必要無いんじゃない？」

「う～ん……でも、弓はあんまり得意じゃないし、不遇の理由も知りたいから行ってみる」


丁度予鈴が鳴ったので、それをしおに蒐一たちは各々の教室へと戻って行った。

2. 放課後

放課後、今日は上手い具合に休みが取れたという要ちゃんを交えて、僕たちはいつもの「幕戸」——繰り返すが、正式名称を「帳と扉」という喫茶店——でお茶会をしていた。

「あ～、糞っ！　半沢の野郎面倒な課題出しやがって！」

「そう？　読書感想文なんて簡単じゃない？」

「カナちゃんだけだよ……そんな風に言えるの」

「あら？　蒐君も平気そうだけど？」

「うん。こないだ読んだ本の事でも書こうかな……って思ってて」

「……何読んだんだよ、蒐」

「プラトンの『ティマイオス』」

「……アトランティスの謎についてでも書くつもり？」

「ん～……面白そうだけど、読書感想文の枠から外れるんじゃないかな。適当に解説を読みながら再構成するよ」

「……簡単に言うよな、蒐は」

「だって、実際簡単だもん。小中学生でもできる事だよ？」

「そうそう。題名書いて、粗筋書いて、解説を引用して、感想書いて、でお終いよ？」

「うぅ～……あたしたちはそれ以前に本を読まなきゃなんだよ～（泣）」

あ……茜ちゃん、もう半分涙目だ。匠は匠でテーブルに突っ伏してるし……。しょうがないなぁ。

「以前に読んで記憶に残っている本について書けば良いじゃん。先生も新しく読めとは言わなかったし。匠は『宮本武蔵』がお気に入りだったろ？」

蒐一の提案にむくりと身体を起こす匠。

「……そんなんで良いのか？」

「良いんじゃない？　先生としては現在の文章力や読解力を見たいんだろうし。何なら、小学生の時に書いた感想文を下書きにしても文句は言われないと思うし、第一バレやしないよ」

僕の提案に、匠は「それならいけるか」とかブツブツ呟いている。茜ちゃんのケアは要ちゃんがするみたいだね。

「ほらほら、茜ちゃんも元気を出して」

「うぅ〜……あたしも吉川英治くらい読んどけばよかったよ〜」

池波正太郎や野村胡堂、横溝正史も良いと思うけどね……。

「茜ちゃんのお気に入りの童話があったじゃない。『ごんぎつね』とか」

「泣いちゃうから駄目〜」

「じゃあ、『フランダースの犬』とか『ないたあかおに』とかでも」

「カナちゃん、どうしてそ〜ゆ〜のばかり選ぶの〜？」

あぁ、茜ちゃん涙目だ。……要ちゃんも相変わらずだね……。

「『坊ちゃん』は？」

「憶えてない〜」

「『鼻』」

「知らない〜」

「『赤毛のアン』」

「読んでないってば〜。も〜、カナちゃんの意地悪〜（泣）」

……いや、アレって全部教科書とかに出てきたような気がするんだけど……

「こりゃ、俺以上の強敵だな……。じゃあ茜、小説・童話・映画とかで記憶に残ってるのは何だよ？」

「……『風と木の詩』？」

……手強いなぁ……

◆第十三章　乗合馬車の旅

1. テムジンさん

家に帰って早めの夕食を摂り、SRO（スロウ）にログインすると気持ちの良い朝だった。

一階の食堂で朝食を摂って——現実で夕食を食べたばかりなのに、ログインすると普通に空腹を感じるのはどういう訳なんだろう——いると、メイとニアの二人が上の階から降りて来た。

ちゃん付けで呼ぶのはやめて欲しいって言う——本人たち曰（いわ）く、ファンタジー感が台無しになるそうだ——からそうしたんだけど、彼女たちは僕の事を君付けで呼ぶんだよね。ファンタジー的に良いのかな？


「お早（はよ）う、メイ、ニア」

「「お早う、シュウイ君」」

「馬車の時間にはまだあるから、ゆっくり食べても大丈夫だよ」

「「ありがとう」そうするね」

のんびりと朝食と会話を楽しんで宿をチェックアウト——で良いのかな？——する。

乗合馬車の駅に行くと、既に三人の人たちが馬車を待っていた。

すいと僕に近寄ったニアが、そっと囁く。

（「あの人、生産職のプレイヤーだよ」）

（「え？　どの人？」）

（「ほら、凄い大荷物を脇に置いて立ってるエルフの人」）

エルフ？　そんな人いたっけ？

怪訝な思いで待合所を見直した僕の目に映ったのは……二メートル近い長身にムッキムキの筋肉

を纏った若い男性の……エルフだった。いっそ長身のドワーフだって言われた方が納得できそうな気がする……。耳だけは由緒正しきエルフ耳だけど、他は見事にエルフのテンプレを打ち砕いてる。

（「知り合いなの？」）

（「違うよ」残念ながら」）

そうこうするうちに馬車が来たので、僕たちは内緒話（ないしょばなし）を中断して並ぶ。

エルフの人が乗る番になった時、大荷物から小さな包みが転がり落ちたので、素早く拾って手渡した。スムーズに乗り込みたいからね。

「や、ありがとう」

エルフの人はハキハキした口調でお礼を言ってくれた。何となく軍人さんかお巡りさんみたいな感じだな〜って思っていたら、陸上自衛官の人だった。

・・・・・・・・

「じゃあ、テムジンさんはタクマの知り合いだったんですか？」

「あぁ、彼は自分のお得意様でね、修業時代から能く注文をしてくれたよ」

意外な事にエルフの人——テムジンさん——は、βプレイヤーの頃からのタクマの知り合いだそうだ。

「彼の友人がＳＲＯ（スロウ）を始めるという話は聞いていたんだが、シュウイ君の事だったのか。存外世間は狭いものだな」

「あはは、実際にユーザーの数は日本の人口よりずっと少ないですし」

「確かに。言われてみれば納得だ。で、シュウイ君はどういうプレイを目指しているのかな？」

「う〜ん、まだ決めてないんですよね。なので、スキルもあまり取ってないんです」

「まぁ、ここは好きなように人生を送れる世界だ。急いで決める必要も無いし、何もせずにのんびりと仮想人生を送るのも良いだろう」

「テムジンさんは最初から鍛冶をやるつもりで始めたんですか？」

「いや……実は自分の場合は成り行きで……」

テムジンさんが話してくれたのは、意外なような納得のような裏話だった。


「自分は優雅(エレガンス)や叙情(リリック)とは縁遠い職業なだけに、ゲーム内では……もっとこう、ファンタジックな種族でいこうと思ってエルフを選んだんだ。ところが、このゲーム、リアルの体格をそのまま反映する仕様になっていたため……このような格好に……」

初めて聞いたのか、メイとニアの二人も目を丸くして固まってる。

「……でも、それがどうして鍛冶師(ブラックスミス)に？」

鍛冶と言えばドワーフじゃないの？

「いや……エルフと言えば弓だろうと思っていたんだが、クローズドβテストに参加した知人から弓は使いにくいと聞いたので、それならいっそ日本刀にしようと思ったのだ。自分は子供の頃から時代劇が好きだったから」

着流し総髪、素浪人のエルフかぁ……

「ところが、オープンβ版のＳＲＯ(スロウ)には日本刀という武器が無くてね。ならば造ってしまえと鍛冶スキルを取ったんだ。自分で造った日本刀で闘うというのは、何となく自分の琴線に触れるものがあってね」

「解ります」

「まぁ、そんな訳で鍛冶師となって日本刀を打っていたのだが、結局βテストでは日本刀のスキルは実装されずじまいでね」

「あ～、え～と……」

「ああ、気にしないでくれたまえ。今はこのキャラに満足しているんだ」

正式版でも同じキャラを使っているんだから、そうなんだろうけど……

「なんか、すみません……」

「いやいや。まぁ、こんな話をしたのも、焦って職業やスキルを決める必要は無いという事を言いたかったからでね。シュウイ君も、それからそこのお嬢さんたちも、のんびりと決めるが良いよ」

2. メイとニア

テムジンさんの話につられたのか、メイとニアも自分たちの悩みを話し出した。

　彼女たちはモフモフした動物との触れ合いを目的にこのゲームを始めたらしい。ちなみに、メイはペット禁止のマンション住まい、ニアは猫の毛アレルギーで、共にモフモフとは無縁の日々を鬱々（うつうつ）と送っていたらしい。


「それはまた何というか……」

「結構切実だったんだね……」

「だから、モフモフとの触れ合いは、私たちにとって至上命題「なの！」」

「で、一番触れ合えそうなスキルを取ったと」

「何も問題は無いように思えるが？」

「このゲーム、思っていたよりモフモフが少ないんです」

「そうなの？」

　僕はスキルの問題があって、町の外には出てないからね。能く判らない。

「そうなの！」

「例えば、私の召喚リストに載ってるのだと、プレーリーウルフ、ホーンドラビット、トラップスパイダー、マーチングアント、ファイアリザード、スライムといったところ」

「クモって結構柔らかな体毛を持ってなかった？」

「虫は駄目！」

　クモは虫じゃない……って言っても納得しないんだろうな。

「それに、トラップスパイダーは身体が大きいせいかモンスターだからなのか、モフモフというより剛毛とか棘（とげ）とかの範疇（はんちゅう）なのよ……」

　納得だけど……一応触って確かめたのかな？

「付け加えると、トラップスパイダーは待ち伏せ型のモンスターだ。従魔にするには向いてないかもしれないな」

「あ〜、それもありましたね」

「トンの町外れではホーンドラビットとプレーリーウルフを見ただけなので、ナンの町に行ってみたんですけど」

「虫とトカゲしかいなかった！」

「あとはスライムね」

「コボルトやホブゴブリンもいたらしいですけどね」

「いや……自分は能く判らないが……さすがにゴブリンは無いんじゃないか？」

と、若干首を傾げつつ、テムジンさんが言うんだけど
「でも、器用そうですよ？」

「それは……そうかもしれんが……むぅ……」

「器用でも駄目！」

「ごめんなさい、私もちょっと……」

不憫だな、ゴブリン一族。

「じゃあ、モフモフに拘るなら、選択肢はホーンドラビットとプレーリーウルフだけ？　悩む余地無くない？」

「そうなんだけど……プレーリーウルフはともかく、ホーンドラビットは戦力的にも微妙だし……この先お荷物扱いするようになったら可哀想な気もするし……」

うん、ニアってば勘違いしてないかな？

「二人ともウルフにすれば良いのに」

「え？」

「でも……」

「違う種類の従魔を揃えて戦術の幅を広げたいっていうのは解るけど、ウルフって連携しての闘いができるじゃない。他の従魔候補にはできない闘い方だと思うけど？」

「……なるほど。確かにシュウイ君の言うとおりだ。ウルフが二頭なら、戦術的な選択肢はむしろ広がるだろうな」

僕とテムジンさんがそう言うと、ニアとメイは互いに顔を見合わせていたが、やがてこちらを向いて言った。

「それでも、やっぱり問題があるの」

「お願いっ！　手伝って！」

へ？


「……つまり、自分たちだけではプレーリーウルフの群れを倒せそうにないから、シュウイ君に手伝ってほしいという事だね？」

あ〜……どうしたもんかな。

「自分が手助けできれば良いんだが、生憎急ぎの仕事を抱えていてね」

テムジンさんもさっきから横目で僕の方をチラ見してくるし……

「……解ったよ。手伝うけど、上手くいかなくても怒んないでよ？」

「もちろんよ、ありがとう」

「やった〜！」

まぁ、多分僕にも有益な体験だろうし……シルはこっそり隠れててね？

「でもさ、狩るのはウルフで良いの？　他にも良い従魔候補がいるかもしれないよ？」

「もしいたらその時考えるけど……例えばどんな？」

「例えばネズミとか小鳥なんかは、偵察に役立つんじゃない？」

「ネズミさん？」

「偵察？」

「いや、専門家（じえいたい）の立場から言わせてもらうと、偵察は重要だぞ？　偵察の有無で任務（ミッション）の成否が決まると言っても過言ではない」

「ほら。専門家もこう言ってるよ？」

「う〜ん……その時になってから決めるわ」


そんな話をしているうちに、乗合馬車はトンの町に着いた。

◆第十四章　トンの町

1．訓練場

馬車は昼前にトンの町に着いた。メイとニア、テムジンさんとは停車場（ここ）でお別れだ。三人とフレンド登録をしておき、テムジンさんにはお店の場所も教えてもらう。


「それじゃあ、ＳＲＯ（スロウ）時間の正午、リアル時間で明日の午後八時に、西門で待ち合わせをお願い」

「え？　西門って……西のフィールド？　人が多くって、碌（ろく）なモンスターいないじゃん」

「え？　シュウイ君はどこを考えてたの？」

「当然東でしょ。ギャンビットグリズリーとかマーブルボア、レッドタイガーなんて大物がいる……らしいし」

「無理！無理！無理！」

「初心者向けじゃないわよ……」

　結局、間を取って南門にした。北のフィールドにはＰＫがいたし、僕一人ならともかく、女の子を巻き添えにはできないからね。


　実際には、トンの町の北側はＰＫ職に――シュウイのせいで――危険地帯と認識されており、ＰＫが出没する事はほとんど無くなっている。しかし、当事者であるはずのシュウイは、そんな事はつゆ知らないのであった。

・・・・・・・・

　昼食を摂っても――シルの分はこっそりと懐に差し入れた――まだ日が高いので、冒険者ギルドの訓練場に行ってみる事にした。弓がどれくらい使えないのか確かめておかないと。クロスボウを中距離武装と考えている僕としては、他人事(ひとごと)じゃないからね。

　冒険者ギルドに行って訓練場の使用を申請したら、勝手に使って良いと言われた。希望者には武技の講習会も――こっちは有料で――開いているそうだ。とりあえず初心者用の弓を借りてみたんだけど……何、これ？　弦(つる)がユルユルじゃん。

　あ～……初心者向きってこういう事か。多分これ、一番弱い十ポンド弓ってやつだ。張力五キログラム以下だよね。こんなので離れた的に当てようとすると、まっすぐ狙ったんじゃ届かない。四十五度近い仰角(ぎょうかく)をつけないと駄目だよね……。当たらない刺さらないのも道理だよ。

　講習会ではその辺も教えてくれるんだろうけど、強い弓に替える度に感覚を修正しなきゃいけないから、やっぱり敬遠されたんだろう。

　僕のクロスボウは、軽く触った感じだと多分百二十ポンド、大体五十五キログラム弱ってところだった。クロスボウとしては標準か、やや弱めってとこだろう。それでも片手で弦を引いたりはできず、ハンドルを使って矢をセットしなきゃ駄目だ。連射なんかできないよね。射程は大体四十メートルくらいかな。

　弓が敬遠されている理由は何となく解ったけど、折角来たんだから練習くらいしておこう。思いっ切り仰角をつけて矢を射(い)ていたら、後ろから話しかけられた。

「駆け出し(ノービス)にしちゃ能く当ててるもんだな。弓は経験者か？」

「いえ、触った事がある程度ですよ。ただ、それでもこの弓が弱いのは判りましたから、角度をつけて射たんですけどね」

　振り返ってみると、この町の住民(NPC)らしい壮年の男性がいた。ギルドの職員さんかな？

「あぁ、名告るのが遅れたな。俺はギルドで弓の講師をやってるドウマって者(もん)だ」

「駆け出し冒険者のシュウイです。練習用の弓が弱いのは、やっぱり腕力の問題ですか？」

「あぁ、お前ら『異邦人』は、駆け出し（ノービス）だとちと腕っ節が弱過ぎてな。普通の弓だとまともに引けやしねぇんだ。だから弱い弓にしてるんだが、そうすると上手く飛ばせなくて、何だかんだ文句ばかりつけやがる」

　あぁ……やっぱり思ったとおりか。筋力値（STR）にポイントを振った弓使いが少なかったんだな。

「それは同郷の者が失礼しました。弓使いの方にはご迷惑をおかけします」

　そう謝ると、ドウマという人はお茶目に片目を瞑（つむ）って笑った。

「何、気にすんな。最近じゃここの者（もん）と異邦人とじゃ、道具もやり方も変えて教えてるしな」

　あ、やっぱりここの人（NPC）たちは普通に弓が使えるんだ。……地元民（NPC）の盗賊なんかだと、上手に弓を使ってくるかもしれないね。要注意だ。これは良い事を聞けたかな。……あれ？　でも、「黙示録（アポカリプス）」のベルさんって、確か弓使いだったよね？　……弓道経験者か何かで運営の罠に気付いたのかな？

　確かにベルは弓道の経験者だが、経緯についてはシュウイの想像とは少し違う。実を言えば、βテストで弓スキルの罠を提案したのが当のベルだったりする。……本人はちゃっかりと弓を使っている訳だが。

　折角だからクロスボウについて、規則とかを聞いておこう。

「クロスボウか。駆け出し（ノービス）にしちゃ珍しいもんを使ってるな」

「いえ、まだ試し撃ちもしてないんですけど……さすがに町中で練習はできませんし」

「当たり前（あたりめえ）だ。町中でボルトなんぞセットしてみろ。それだけで衛兵にしょっ引かれるぞ」

　あ、やっぱり規制があったんだ。

「使用が規制されている区域とかあります？」

「町中は当然不可だ。町の壁から五十メートル以上離れた場所なら構わん」

なるほど……。多分、一般的なクロスボウの有効射程が五十メートルなんだろうな。……って事は、僕のクロスボウは少し弱めって事だね。

「クロスボウの練習場ってありますか？」

「衛兵が使ってる場所があるにはあるが、お前たち『異邦人』は使えんぞ？　町の外で木の幹か何かを狙って練習するしか無ぇだろう」

あ～……使用者が少ないゆえの不遇かぁ。

「あと一つ聞かせて下さい。この辺で一般的に使われているボルトは、再使用できますか？」

「あ～……できなくはないが、どうしても鏃が劣化するし、矢柄も弱ったり狂ったりしてくるからな。繰り返して使うのはあまり勧めねぇよ」

「ありがとうございました」

僕はドウマさんにお礼を言って、訓練場を後にした。

2. ナントの道具屋

明日はメイとニアに付き合ってウルフ狩りだから、そのための準備が必要だ——という事で、ナントさんの店にやって来た。

「ごめん下さ～い」

「いらっしゃ……おや、シュウイ君か。ナンの町はどうだった?」

「あはは、レア素材が売れて、俄お大尽ですよ。なので、今日は道具を買いに」

「ははぁ、良かったね。で、お望みの品は?」

「丈夫な縄と錘はありますか?」

「……忍者プレイでもする気かい?」

「できるんですか!?　忍者プレイ?」

「いや……β組の一部が探してるらしいけど、該当するアーツは見つかってないね。むしろ、シュウイ君の方が先に見つけるんじゃない?」

そっか～、NINJAか～。あれば良いな～……。

「NINJAには惹かれるものがありますけど、今回の狙いは少し違います。ボーラを作れないかと思いまして……」

「ボーラ……あぁ、三つ叉鎖の事ね」

「はい。忍者が使うものは『微塵』とも言いますね。それを作ろうかと」

「また、渋いとこ狙ってくるね、君は。差し支えなかったら理由を聞いても?」

ナントさんが興味津々なので、理由を説明しておいた。別に隠す事じゃないよね?

「テイム用にプレーリーウルフを捕獲ねぇ……相変わらず面白い事考えるな、シュウイ君は」

「駄目ですかね?」

「いや、駄目って事は無いと思うよ?　けど、そうしたら重さが結構重要だよねぇ」

「そうですね。重過ぎても、軽過ぎても、上手く飛ばないと思いますから」

　ナントさんは裏の方でごそごそと探していたが、いくつかの錘を持って戻って来た。ボーラに使えそうなやや大きめの錘の他に、上手い具合に手の中に収まりそうで、かつ握るのに丁度良い太さの鉄の分銅も混じっていた。これは……解ってるなぁ、ナントさん。

「うわぁ……使い易そうな分銅も混じってますね～。材質は鉄ですか？」

「そりゃ当然。質の良い鋼鉄だよ」

「狙って仕入れたんですか？　……暗器か忍者用ですよね？」

　どう見ても正木流の万力鎖か、後藤流の分銅鎖用だよねぇ。

「あ～、やっぱり憧れるからねぇ……ちなみに、鎖は鍛冶屋に頼めば付けてくれるはずだよ」

「あ、ナンからの帰りに知り合いになった鍛冶師の人がいるんで、そのうち頼んでみます」

「へぇ……ちなみに誰かな？」

「テムジンさんっていうエルフの鍛冶屋さんですけど……ご存じですか？」

　そう言うと、ナントさんは驚いたような顔をした。

「テムジンかい？　また、シュウイ君は引きが強いというか……よくもまぁって言いたくなるほどβ組の知り合いが多いよね」

「ナントさんもその一人ですよ？」

「ははは、光栄だね。で、必要なものはこれだけで良いのかい？」

「え～と……他に買っておいた方が良いものって、あります？」

「う～ん……あ、ポーションは少し多めに持って行った方が良いよ。自分だけでなく、契約対象のウルフにも必要になるかもしれないし」

　あ……そうか。考えてなかったけど、そういう可能性もあるんだ……。

「ここって、ポーションも売ってますか？」

「さすがにポーションまでは扱ってないねぇ。あれは薬師ギルドの取り扱いになるから」

薬師ギルド……薬屋になるのか。後で行ってみようかな。吹き矢用の毒も欲しいところだし。

「じゃあ、とりあえずこれだけ下さい。あ、あと、スキルの無い僕にも使えそうな道具があったら教えて下さいね」

「毎度あり〜。気を付けておくよ」

3．薬屋

　ナントさんに教えてもらったのは地元の人(NPC)が開いている薬屋さんで、この道五十年のベテランらしい。魔女を想像した僕の期待を裏切って、そこにいたのは……


「何じゃ、坊主。儂(わし)の顔に何か付いとるか？」

「あ、いえ。ベテランの薬屋さんって聞いて、なんとなく女性の方を想像していたもので」

　そこにいたのは、老齢とはいえがっしりとした体軀(たいく)のお爺(じい)さんだった。雰囲気的にはちょっと僕の祖父ちゃんに似てるな……堅気(カタギ)に見えないところとか。

「ははぁ。て事は、坊主も『異邦人』か？　連中は皆そう言いよる」

　あ……やっぱり他のプレイヤーも同じ事を考えたんだ。年老いた薬屋さんと言われれば、想像するのは魔女だよね？

「これでも若い頃は冒険者をしとってな。上級薬師の免状を取る前に冒険者稼業で習い覚えた薬なんかも扱っとるんで、まぁ、真っ当な薬屋とはちと違うがな。効果の方は保証するぞ」

「ナントさんのお勧めですから、そこは安心してます」

「何じゃ、坊主はナントの客か？　だったらきっちり面倒みてやらにゃいかんな。で、何を所望じゃ？」

「ポーションが欲しいんですけど」

「ポーションと一口に言っても色々あるぞ。体力回復と傷の修復に効果のある一般的な体力回復ポーションの他に、魔力回復や解毒用のポーションもある。解毒ポーションじゃと、対象とする毒の種類によってポーションの種類も違ってくるしな。更に、それぞれのポーションに上級から下級、等級外のものがある」

「あの……等級外というのは？」

「そのままの意味じゃ。効果が低くポーションと言うのも烏滸がましい代物じゃが、簡単な怪我や疲労程度には充分じゃし、その分安い。薬師見習いの駆け出し共が、練習と小遣い稼ぎを兼ねて作っとる」

「そんなにあるんですか……」

「どういう場面で使いたいのかを言えば、適当なやつを選んでやるぞ？」

ここはお爺さんのお薦めに従うべきだよね。

「え〜と。知り合いが従魔を欲しいと言うんで、南のフィールドに同行するんです。その時の怪我や疲労に備えてと、あと、ナントさんが契約対象の魔獣にも必要じゃないかと言うんで」

「何じゃ？　他人の従魔のために使うのか？」

「あ、そうなんですが、ポーションなら買っておいて損は無いかなと。それに、僕も従魔が欲しくなるかもしれませんし」

従魔用のポーションについては、シルの事もあるし、是非知っておきたいよね。

「従魔のポーションのぉ……馬なんぞには普通のポーションが使えたし、人間用のポーションで充分じゃと思うが……。しかし、従魔の傷やなんかは、使役者の精気で回復したはずじゃが？」

「そうなんですか？　でも、早めに回復してほしい場合もあると思いますし……やっぱり買っておきます」

「ふむ。従魔が傷を負うようでは、使役者も無事とはいかんじゃろうし……その方が賢明かもしれんな。南のフィールドと言うたか？　あそこなら大したモンスターは出んじゃろうから、下級の体力回復ポーションと魔力回復ポーションで充分じゃろう」

「ありがとうございます。……参考までに、北や東のフィールドに行くとしたら、どんなポーションが必要ですか？」

そう訊ねると、お爺さんはじろじろと僕の方を見ていたけど……

「坊主は見かけよりは戦えそうじゃが、無理をしてはいかんぞ？　引くべき時には引くのが生き残るコツじゃ。ま、『異邦人』はしぶといと聞くが……。おぉ、北と東のフィールドじゃったな。溶血毒・出血毒と麻痺毒を持つのがおるが、石化や睡眠持ちはおらんし、ゾンビの類も出て来んから、それぞれの解毒ポーションの中級、それに体力回復ポーションと魔力回復ポーションの同じく中級で充分じゃろう」

わ♪　フィールドの情報も教えてもらえちゃったよ。うん、好い人だね。

「ありがとうございます。じゃあ、全部を一セット……いえ、二セット下さい」

「うむ。……これだけじゃな。ポーションには使用期限があるでの、後生大事に抱え込まずに、使い時と思ったら躊躇わず使うのじゃぞ？」

「はい！」

「良い返事じゃ。儂はバランドという。薬の事で聞きたい事があれば、いつでも来るが良い」

「ありがとうございます。僕はシュウイと言います。しばらくこの町に滞在するつもりなので、今後もお世話になると思います」

4．宿屋

僕は――少なくとも当分の間は――この町に滞在する事に決めた。好い人たちが多いしね。訳ありの僕としては、アドバイスをしてくれる人が多いほど助かる。そうと決まれば宿の確保が重要だ。

今泊まっている宿――「微睡の欠片亭」――は客扱いも良いし料理も美味い。あそこを定宿にしたいけど、長期契約ってできるのかな？　確かめておかなきゃ駄目だね。

…………

結論から言うと大丈夫でした。朝と晩の食事付きで、とりあえず一ヵ月分を前払いして契約した。普通は一泊二百五十Gなんだけど、割引がついて七千二百Gになった。今の僕なら余裕で払える。あ……でも、大きいアイテムバッグは欲しいよね……安くて百八十万かぁ……。

ＰＫや盗賊の懸賞金やドロップ品を当てにするのは非推奨プレイだって茜ちゃんに釘を刺されたからなぁ……真っ当な稼ぎとなるとモンスター狩りかぁ……。攻撃や防御のスキルを持たない僕としては、あまり気が進まないんだけどな。けど、匠の言うとおり、ずっと引き籠もってる訳にもいかないし……シルに頼るしか無いよね。

そのシルは、町の露店で買ってきた果物をご機嫌でパクついてる。懐に入れたままでも、僕が見ているものは何となくシルにも感じ取れるようで、食べたい物を見つけたらそういう感情が感じられるんだよ。【従魔術（仮免許）】のアーツに含まれる【従魔との絆】っていうスキルのせいだと思うんだけど。

「シル〜、果物ばっかり食べてると大きくなれないぞ〜」

　そう言っても、シルは片目でこっちを見るだけで、果物から離れようとしない。うん、僕もお相伴してるけど、確かに美味しいんだよね。マンゴーとメロンのハイブリッドみたいな感じで。

　それにしても能く食べるなぁ。さっきから、自分の身体と変わらないくらいの量を食べてるみたいだけど……うん、美味しいけどさ。さて……

「シル、僕は夕ご飯を食べてくるけど、お前はどうする？　一緒に来る？　それとも、このまま食事を続ける？」

　そう問いかけると、シルは僕の顔と果物を交互に見較べて考え込んでいる。従魔としての義務感と果物への未練が半々ってところかな？

「良いよ、そのまま食べておいで。けど、果物ばかりじゃなくて、お肉も食べるんだよ？」

　果物と一緒に出しておいた生肉――塩分を摂り過ぎると健康に悪いから――を指差して言ってみると、シルは肉の方をちらりと見て、気が進まない様子で頷いた。生肉は口に合わないのかな？　従魔のための食事ってどんなのか、明日二人に会ったら聞いてみようか。

　いや……ログアウトしてから、カメの餌について調べても良いかな。運営だって、現実の飼い方から大きく外れた設定にはしてないだろうし……。小学校の飼育係の時には、カメの餌はミミズって教わったんだけど……SROにミミズがいるかどうか判らないし……。ワームとかだったらどうしよう……。


　夕飯から帰ってみると、シルはちゃんとお肉も食べていた――果物も綺麗さっぱり消えていたけど。気持ち良く眠っているみたいだから、そのままにしておく。

　掲示板をあちこち覗いてみたけど、従魔術師スレにも召喚術師スレにも、従魔の餌に関する話題は上がっていなかった。というか、まだ従魔を得たプレイヤーの方が少ないみたいだね。僕は例外かぁ……。当分はシルの事も隠しておかなきゃ駄目みたいだ。

ナントさんの店で買った縄と錘で、ボーラっぽいものを作り上げる。【日曜大工】のスキルが効いてるのかもしれないけど、単に錘を縄に結び付けるだけだからね。子供の頃に作った事があるし、失敗する要素は無い。明日はこれが役に立ってくれるかな?

あ、言い忘れてたけど、シルは【従魔術(仮免許)】の方に従魔として登録されていた。

――――――――――

《シュウイのスキル/アーツ一覧》

レベル:種族レベル3

スキル:【しゃっくり　Lv2】【地味　Lv3】【迷子　Lv0】【腹話術　Lv3】【解体　Lv5】【落とし物　Lv6】【べとべとさん　Lv2】【虫の知らせ　Lv2】【嗅覚強化　Lv1+】【気配察知　Lv1+】【土転び　Lv1】【お座り　Lv0】【掏摸　Lv0】【イカサマ破り　Lv0】【反復横跳び　Lv0】【日曜大工　Lv1】【通臂　Lv1】【腋臭　Lv1】【デュエット　Lv5】【般若心経　LvMax】

アーツ:【従魔術(仮免許)】【召喚術(仮免許)】

ユニークスキル:【スキルコレクター　Lv4】

称号:『神に見込まれし者』

従魔:シル(従魔術)

◆第十五章　篠ノ目学園高校（木曜日）

1．昼休み

「え？　蒐君、テムジンさんと知り合ったの？」

昼休みの屋上でいつもの四人でお弁当してると、茜ちゃんが驚いたように聞いてきた。

「うん。イーファンの宿場からトンの町へ帰る乗合馬車で知り合った」

「毎度の事ながら、蒐の人脈はおかしいよな」

「普通はそうそうβテストプレイヤーと知り合ったりはしないのよ、蒐君？」

「何でさ。みんなだってβプレイヤーじゃん。それに、ナントさんを紹介したのは匠じゃん」

「……俺たちとナントさんを除いても、開始から一週間程度で六人は多いだろ？」

「その数え方、おかしいよ。ケインさんたちは五人で一チームなんだから、知り合う時は一緒だろ。六人でなく、二件って数えるべきだよ」

「……そうなの？」

「……一理あるわね……」

僕の正当な異議申し立てが認められたみたいだ。うん、道理は強いよね。

「でも、テムジンさん、トンの町に工房を構えたのね」

「生産プレイヤーのトップだろ？」

「鍛冶以外にも生産職はいるけど……やっぱりトップなのかしらね」

「他にどんな生産プレイヤーがいるの？　個人名じゃなくて、分野で」

「あ～、鍛冶の他には……革細工、裁縫、調薬、錬金、料理……って、一通り揃ってるな」

「今のところ、アーツを取得してるのはテムジンさんだけみたいだけどね」

「匠たちはどうなのさ」

「……聞くな」

「む～！」

「蒐君、アーツってそう簡単に取得できないのよ？」

うん。僕のは隠しクエストの報酬だしね。けど……

「SRO（スロウ）って、現実のパーソナルスキルがキャラクターにも反映されるっていうのが売りじゃなかった？　匠の剣道はどうなのさ？」

「いや……俺、双剣使いだから……」

「はぁ!?　何でそんなキワモノ選んだのさ!?」

「現実にはあり得ねぇスキルを取るのがロマンだろうが！　それに、ゲーム内じゃ双剣使いって珍しくないいんだよ」

「そうだよ！　あたしもそれで魔法使いにしたんだし」

う～ん……それもそうかぁ……。

「あれ？　じゃあ、アーツを持ってるプレイヤーって、戦闘職にも少ないの？」

「あぁ。俺の双剣術や大剣術は剣道とかなり違うし、そもそも通常の剣術から派生進化したもんだ。刀術（とうじゅつ）はあるんだけど、日本刀が売ってなくて死にスキル化してる。体術も、蒐が言ってるようにモンスター相手じゃ勝手が違うし、弓は当たらないしな」

「あ、弓が当たらない理由、判ったよ」

訓練場で得た情報を教えておこう。この情報が広まれば、弓を見直すプレイヤーも出てくるかもしれないしね。

「……な～るほど～、筋力不足で弓が引けないのかぁ～」

「確かに、弱い弓じゃ飛ばないから、直射で当てようとすると至近距離になるな」

「焦って射ても届かないから、不遇スキル扱いされたんでしょうね」

「山なりの弾道だと当てにくいしね」

「……だとすると、弓はある程度プレイヤーのステータスが育ってから取るべきなのか？」

「それか、初期設定でＳＴＲとＤＥＸに振っておくか、だね」

「え？　ＤＥＸもなのか？」

「不器用な人間に当てられる訳無いじゃん」

「お～、納得」

「蒐、この情報、掲示板に上げたか？」

「上げてないよ？　弓を取るプレイヤーなんかいないって言ったのは匠じゃん」

「確かにそうなんだが……もうすぐ第二陣の参入があるだろ？」


あ……そうか。僕は匠のβプレイヤー特典でゲーム機とソフトを――安く――購入できたけど、市場(しじょう)では今も品切れ状態だし、もう少しすると第二次募集があるって言ってたな。

「新規参加のプレイヤーのため？」

「まぁな。第二陣の参加より前に公表しないと、情報の秘匿だとかうるさい連中がいるからな」

「う～ん……悪いけど匠がやってくれない？　僕よりはネームバリューがあると思うし」

「そうだな。これでも一応βプレイヤーの端くれだし、知人からの情報って事で上げとくわ」

「悪い、帰りにジュースか何か奢(おご)るよ」

「お～、蒐君の奢りだ～」

「ご馳走(ちそう)様、蒐君♪」

「ちょっ！　何で二人も……って、要ちゃん、今日は一緒に帰れるんだ？」

「ええ、毎日は無理だけど」

「あ、じゃあ、放課後に。丁度チャイムも鳴ったし」

「ええ、放課後に」

「カナちゃん、再見(ツァイチェン)～」

2. 放課後

放課後、僕は「幕戸」――しつこいようだが、正式名称を「帳と扉」という喫茶店――で友人三人にタカられていた。

「ううぅ～……匠に缶ジュース一本奢って終わりのはずだったのに……」

「や～、蒐君に感謝～♪」

「本当にご馳走様♪」

「その……悪いな、蒐」

「けちけちしないの！　レア素材でウッハウハなんでしょ？」

「現実にお金が入ってくる訳じゃないよ！」

匠だけじゃなく、茜ちゃんと要ちゃんにまで奢る羽目になったんだよ。……二人とも遠慮ってものを投げ捨ててるし……（泣）。

「まぁまぁ、掲示板には私たちも書き込むから」

「そぅそぅ、人数が多いほど拡散するよ」

「……別に僕の利益にはならないし……」

「うわぁ、蒐君がヤサグレてる……」

うぅ～、ヤサグレたくもなるよ……。

「それより、蒐、何か進展はあったのか？」

「何で僕の事ばかり聞くのさ？　匠たちこそ、一応βプレイヤーがナンの町で最前線を争ってんだから、何か話す事があるはずだよね？」

僕が聞き返すと、三人とも微妙な表情を返してきた。

「や～、それがな～」

「PKも、クエストも、乱闘も無いの！」

「十年一日（じゅうねんいちじつ）の如（ごと）しって感じなのよ」

「フィールドに出て、モンスターを狩って、ドロップを売って、終わりって感じだから、殊更（ことさら）に報告する事が無くてなぁ……」

　何それ……。

「だからっ！　蒐君の話を聞きたいの！」

「代わり映えのしない毎日における、一服の清涼剤なのよ」

「ゲームまで倦怠感（けんたいかん）に侵蝕（しんしょく）されるようじゃまずいんじゃあ……」

「俺たちの事はおいといて、何かあったか？」

　何か釈然としないけど……

「うん。明日、従魔術師（テイマー）と召喚術師（サモナー）の娘（こ）たちとウルフ狩りに行く事になった」

「……待て、どうしてそういう話になった？」

　不思議そうな三人に、プレーリーウルフをテイムするというメイとニアの計画について説明する。

「あ～、そういう事か～」

「モフモフ云々（うんぬん）はともかく、連携して闘えそうなプレーリーウルフを二体というのはありね」

「ああ。現時点で最善の選択かもな」

「蒐君、こっちも掲示板に載せる？」

「メイとニアの意向も確かめずに、勝手な事はできないよ。それに、狙いどおりにいくかどうか判んないしね」

「結果については報告しろよ？」

「ねぇねぇ蒐君、シルちゃんのデビュー戦？」

「う～ん、もう少し内緒にしておきたいかな」

　少なくとも、従魔がそれほど珍しくなくなるまでは、隠しておいた方が良いよね？

挿話　スキル余話～【土転び】～

「う～ん……」

スキル欄を眺め……と言うか睨んでいるシュウイの視線の先には、【土転び】という文字があった。最近拾ったばかりのスキルである。名前からして相手を転ばせるスキルではないかと当たりを付け、ヘルプの記述を確認する目的もあって一度使ってみたのだが、確かに基本的にはその認識で間違っていなかった。

ただ、予想と違っていたのは……

「人間とかモンスターを直接対象にするんじゃなくて、その前の地面をターゲットにするのかぁ……」

そこそこ射程距離のあるスキルなので、意外と使い勝手は良さそうである。効果の持続時間は有限なので、相手がそのスリップゾーンを踏まなかったら空振り扱いとなって、そのまま効果は消失する。レベル1だとスリップゾーンの面積が狭く持続時間も短いため、空振りする事も多い。ただ、相手を転ばせるのに失敗すると経験値にはカウントされないが、その反面で発動失敗(ファウル)扱いとなるため、MPやクールタイムを考えずに連発できるようだ。もっとも、この事はヘルプに明記されてはいない。碌にヘルプを読まずにスキルを連発していたシュウイが、偶然気付いただけである。

そしてその特性上……

「発動は簡単なんだけど……転ばせる相手がいないと練習できないよね……」

・・・・・・・・

「黙示録(アポカリプス)」との共闘の際には、碌な練習も無しでゴブリンキングをすっ転ばすという殊勲をなし得たシュウイであったが、依然としてスキルレベルは1のままである。先々の事を考えるとレベルは上げておきたいが、練習するにもレベル1ではモンスターを相手取るには心許無い。もう少し脅威度の低い相手は……と考えて、気に食わないプレイヤーがいたら練習がてら転ばせてやろうか……などと内心で不穏な事を企（たくら）むシュウイであったが、なぜか他のプレイヤーたちは――ガッツの件以来――シュウイと目を合わせようとしない。

仕方がないのでシュウイは、自分の目の前にスリップフィールドを出して、自分で滑って練習するという不毛な手段を採用したのだが……

「……えぇっと……？」

気が付けば何人もの子供（NPC）たちがシュウイを取り囲んでいた。子供たちは一言も喋らず、その視線はシュウイの行動に釘付けである。

「……やってみる？」

一斉に頷く子供たち。

・・・・・・・・

モニターの画面に映っているのは、楽しげにきゃっきゃとはしゃぐ子供たち、そして【土転び】を――子供たちの足下に――連発するシュウイの姿であった。

「……こういうケースは想定していなかったな……」

「経験値とレベルアップはどうなっている？　見た限りだと、結構な回数スキルを発動しているみたいだが……」

「軽く五十回は超えていそうだな……」

スタッフたちの疑問に答えたのは、運営管理室セカンドチーフの大楽（たいら）であった。

「……どうもスクリプトの不備らしい。盛大に転ばせて……と言うか、滑らせてはいるんだが、戦闘フィールドでないため、成功にカウントされないみたいだな」

「空振り扱いなのかよ……」

「MP消費もクールタイムも、ほとんど無いのはそれでか……」

「そうすると、レベルアップも無しなのか？」

「経験値にはなるようだが……」

どうしたものかと困惑する一同に向かって、チーフの木檜が断を下す。

「子供の遊びでレベルアップするというのも何だしな。【土転び】に関してはこのままにしておこう」

「……それもそうですね」

・・・・・・・・

かくてシュウイの【土転び】はレベル1のままで、ただし大量の経験値を溜め込む事になった。その御利益（ごりやく）あって、後に北のフィールドでモンスターを狩った時には、間を置かずにレベル2に上がる事ができたのである。

◆第十六章　トンの町

1．南のフィールド

ログインすると、「微睡の欠片亭」の自室のベッドで目を覚ました。起き出してシルに朝ご飯を食べさせる。

「シル、今日はフィールドに出るけど、女の子たちがいるから懐から出ないように。でも、万一危なくなったら、お前が頼りだからね？」

そう言うと、シルは任せろというように頷(うなず)いた。

さて、シルが朝ご飯を食べている間に、食堂で僕も朝ご飯にありつくとしよう。

宿を出て南門に向かう。今日の装備はクロスボウと杖、それと昨日作ったボーラが中心になる予定だ。女の子たちの前でレアスキルは使わない予定だけど、掲示板や攻略Ｗｉｋｉを見た限りでは何とかなりそうだ。


待ち合わせ場所の南門に向かうと、既に二人が待っていた。

「ごめん、待たせた？」

「そうでもない」

「私たちが早く来過ぎただけだから、気にしないで」

「じゃ、早速行こうか」

待っていた二人と臨時にパーティを組む。戦闘の経験値を分配するためだ。目的地に向かいながら、南のフィールドについて二人から情報を聞き出していく。僕はこっちのフィールドには来た事が無いしね。

「……北や東のフィールドに行く方が凄いんだけど……」

「町の壁からそんなに離れてないし、危険ってほどじゃないよ？」

「壁の近くでも襲われる事はあるのよ？」

「シュウイ君、レベル、いくつ？」

「メイ！　他人のレベルを詮索するのはマナー違反よ」

「レベル３だよ」

種族レベルくらいなら、別に知られても構わないよね。

「お〜、高〜い」

「私たち、まだレベル２なのに……」

そんな会話を続けながら歩いていると、やがていかにもな感じの草原に着いた。

「ここが目的地？」

二人にそう訊ねると、ニアが言いにくそうに切り出してきた。

「そうなんだけど……シュウイ君、悪いけど、最初のうちは私たちのレベリングに付き合ってくれないかな？」

聞けば、レベルが低いと舐められてテイムに失敗する事があるという。一度失敗すると、その日のうちは同種のモンスターへのテイム成功率が低下するらしい。これはサモンの契約も同じだそうだ。なので、可能な限りレベルを上げて挑みたいとの事。僕としては別に異存は無い。

「じゃぁ、最初のうちに出てくるプレーリーウルフは、狩っちゃって良いの？」

「え？　あ、うん、お願い」

「ウルフがいなくなったりしない？」

「ここは半分くらいチュートリアルフィールド扱いだから、いなくなったりはしないと思う」

「じゃ、あそこにいる群れに一発入れるね？」

「え？」

「どこっ!?」

「あそこの草むらだよ？」

門を出てからはずっと、【虫の知らせ】【気配察知】【嗅覚強化】をオンにしていた。ＰＫだっているるんだしね、用心するのは当然だ。常在戦場って、日頃から祖父ちゃんも口癖みたいに言ってるし。

「判んない……」

「シュウイ君、能く判るね」

「二人とも、気配察知は取ってないの？」

二人とも取ってないと言う。

フィールドに出る以上、取っておいた方が良いんじゃない？　そう言うと、二人はすぐに取得して有効化していた。良いなぁ……思いどおりにスキルが取れるって。

「あっ！　判る！」

「本当……あそこに何かいるわね」

「来るよっ！　構えてっ！」

五頭のプレーリーウルフの群れが草むらを飛び出して、僕たちに襲いかかって来た。

すぐにクロスボウを構えるけど、ウルフの動きが速い。一発撃つのが限度だろう。その一発は外れることなく先頭のプレーリーウルフに命中し、ウルフの身体を光に変えた。

すぐにクロスボウを脇に捨てて、杖を構える。子供の頃から祖父ちゃんに仕込まれた歌枕流には杖術もある。ＳＲＯ（スロウ）の【杖術】スキルは持ってないけど、考える前に身体が動き、飛びかかって来たウルフの口の中に杖頭を打ち込んでいた。

歌枕流は修験者の護身術として発達した武術だから、対人戦だけでなく狼（おおかみ）や熊に対する戦闘技術も、形だけは伝えられている。ＳＲＯ（スロウ）のモンスターに通用するかどうかは判らなかったけど、プレーリーウルフは狼と大して変わらないので、歌枕流の技は有効みたいだ。

杖を構え直す暇（いとま）も無く、脇から三頭目が腕に食い付こうと飛びかかって来た。両手で持った杖の腹を口に銜（くわ）えさせるように押し込んで、ハンドルを切るように杖を回して腰を切ってやると……噛み付こうとしていたウルフが振り落とされたので、すかさず踏み込んで喉笛を踏み潰す。後ろから来た四頭目には、振り返りもせずに杖尻を叩き込ん

で払い飛ばし、振り返りざまに杖で喉笛を突き破って仕留める。……あ、これじゃ二人のレベリングにならないよね……。

最後の一頭が逃げ出したのを、取り出したボーラを投げて絡め倒す。

「メイ！　倒れたウルフに攻撃！」

「……あ、はい！」

ぼーっとしていたメイを叱り飛ばして留(とど)めを刺させる。君たちのレベリングなのに、何ぼんやりしてくれちゃってるの？　……あ、最初に口の中に杖を突っ込んだウルフ、まだ死んでないや……。

「ニア！　あのウルフに留め！」

「はっ、はいっ！」

二人とも無事に留めを刺せたようだ。SRO(スロウ)ではモンスターに留めを刺した者がレベルアップするみたいだから、二人のレベルも少しは上がったはずだけど……

「プレーリーウルフが向かって来る間、何もせずにぼーっと突っ立ってたよね？」

「ご、ごめんなさい」

「五頭ものウルフが向かって来るのを見て硬直しちゃって……」

「次からは注意してね。戦闘では、動けない者から殺されるんだよ？」

「は、はひっ！」

何か噛んでるみたいだけど……本当に大丈夫かな？

（「どのスキルをとるか悩んでるって言ってた意味……能く解ったわね」）

（「魔法も剣も要らなかったよね……」）

近くにアクティブなモンスターはいないようだから、今のうちにドロップ品とかを確認しよう。SRO(スロウ)では、ナイフを振るってドロップ品を剝ぎ取ったりする必要は無いらしい。アイテムバッグの中にちゃんと入っていた。

「わ！　魔石と毛皮が入ってる！」

「嘘……こっちにも」

あ～……【解体】と【落とし物】の効果かぁ……。

「それ、多分僕のスキルのせいだと思う。詳しくは言えないけど」

そう言うと二人は何か問いたげな視線を向けてきたけど、追及するのはやめてくれた。

「判った！」

「こうして御利益を得ているんだから、余計な詮索は無粋よね」

「それより、二人ともレベルは上がったの？」

「う～、まだ」

「さすがにあれくらいじゃ無理よね……」

「じゃ、レベリングのためにどんどん行こうか。次からは積極的に攻撃してね？」

「う～……」

「……頑張ります」

あ、僕の方はなぜか杖術スキルの【突き】と【払い】を獲得してた。【般若心経】の事もあるし、現実で習得しているスキルはSRO（スロウ）に持ち込めるみたいだ。「スキルコレクター」も、これは妨害できないみたいだね。

ちなみに、LUC値には変化無し。イベントじゃないから、称号「神に見込まれし者」の効果は無いって事だね。

・・・・・・・・

それからはプレーリーウルフの群れを見つけ次第に狩り、合間に見かけたホーンドラビットも、二人が着実に狩っていった。クロスボウとボーラが大活躍だったよ。その甲斐あって、昼前には二人とも種族レベルが3に上がっていた。僕？　とっくに4になってるよ。

「じゃあ、昼ご飯を食べてから、本番のテイム用の狩りって事で良い？」

「ええ。シュウイ君、色々ありがとうね」

「ありがとっ！」

「いや、それは無事テイムに成功してから言ってよ」

そうなると、プレーリーウルフなら何でもという訳にはいかないな。できるだけ強い個体がいる群れを探さないと……。

「あ、あの、シュウイ君、ほどほどで良いからね？」

あの群れは……レベル3なんて雑魚ばかりか。

あ……逃げ出した。向こうは……？

「ね、ねぇ、私たちも初心者なんだし……あまり強いウルフだと、その……失敗しちゃうかもしれないし……」

二人とも何を言ってるんだろう？　レベルが3とか4なんて弱小個体をテイムしても、育てるのが大変じゃん。シルみたいな幻獣なら別だけど、ウルフなら最低でもレベル5は欲しいよね。皆で囲んでボコれば大丈夫だよ。

「あ、良さそうなのが……レベル7か……」

「駄目！駄目！駄目っ！」

「却下！却下！却下っ！」

「え～？」

その後、レベル6のウルフも駄目出しされ、結局はレベル5の個体を狙うという事で落ち着いた。僕としては色々と不満があるんだけど。

「あの群れならレベル5の個体が何頭かいるみたいだよ」

「でも、シュウイ君、能く野生のウルフのレベルまで判るね～」

「【鑑定】のレベルが高いのね」

うん。二人は誤解してるけど、これは【従魔術（仮免許）】と【召喚術（仮免許）】に含まれるスキルで【魔獣鑑定】というやつだ。鉱石なんかの無生物には全く効力を発揮しないけど、生き物相手だと普通の【鑑定】より詳しい情報が判る。僕は【従魔術（仮免許）】と【召喚術（仮免許）】の二つを持っているせいか【魔獣鑑定W】になっている……ネットスラングのｗじゃないよね？　草とか生えないよね？

「じゃ、行くよ。適当に捌いて弱らせるから、一～二発入れて身の程を思い知らせてから【テイム】してみて」

「うぅ……シュウイ君が恐い……」

「返事は？」

「「イエス、サー！」」

ノリが良いなぁ……この二人。

・・・・・・・・

いつものようにクロスボウの一射で、遠間からレベル4の個体を一頭仕留める。即座に敵対行動に移った群れを、他の二人と共に待ち構える。先陣を切って突っ込んで来た三頭は、いずれもレベル4以下だ。その三頭を片付けている間に、レベル5の四頭が僕たちを取り囲む。なるほど、それなりに経験豊富な群れみたいだね。

「残り四頭は全部レベル5だから、選り取り見取りだよ」

そう言ったんだけど、二人には余裕が無いみたいだ。仕方ないなぁ……。

「メイ、ニア、二人で背中合わせになって死角を無くして」

「「はいっ！」」

さて、僕は少し前に出て……遊ぼうか。

ふらりと一歩踏み出した途端に、時間差を付けて二頭が襲って来た。一頭目をやり過ごして、二頭目の喉笛に杖頭を叩き込む。左右から飛びかかって来た三頭目と四頭目は、杖を手放した左の裏拳と、右手の杖で叩き飛ばす。地に落ちた三頭目の胸に飛び乗って胸骨を踏み潰す。心臓が潰れたらしく、光になって消え去る。

ダメージを受けた二頭目と四頭目は、二人が魔法で攻撃している。あのまま任せて大丈夫かな？

僕はフリーになっている一頭目を片付けるとしようか。

ほぼ水平に構えた杖の先端をプレーリーウルフの正面に向ける。ウルフの視点からは杖の間合いが捉えにくいはずだ。SRO（スロウ）のウルフがどの程度視覚に頼って行動しているのかは判らないけど、打てる手は打っておくのが常識だ。半身のまま、摺（す）り足（あし）で間合いを詰める。ウルフの前脚がやや屈められる……。これは……。

正面から突っ込まずに跳躍して僕の喉笛を狙ったみたいだけど、僕の方が身を低くして突っ込んでやれば、頭上にあるのは無防備な腹部♪　戴きま〜す♪

思いっ切り突き上げてやれば杖先が身体を貫通し、ウルフは光になって消え去った。

「やった〜っ！　ニアちゃん、テイム成功したよ！」

メイがプレーリーウルフのテイムに成功したみたいだ。続いてニアがウルフを斃（たお）して……

「やったっ！　私も召喚成功！」

ニアもプレーリーウルフの召喚に無事成功したみたいだ。

「メイ、そのウルフ、怪我してるだろ？　このポーションで回復させてあげなよ」

中級ポーションを渡すと怯んでいたけど……

「今は仲間の怪我を治すのが先決だろ。代金はいつか返してくれれば良いから」

の一言であっさり陥落した。チョロいよ。

・・・・・・・・

「シュウイ君、今日は本当にありがとうね」

「いつかお礼するからっ！」

「いや……良いけどさ……そのウルフたち、衰弱してない？」

レベル5だったはずなのに、二頭とも何回見直してもレベル4なんだよね。

「あぁ、テイムやサモンで従魔化したら、レベルが一つ下がるのよ」

「あたしたちには丁度良いレベル！」

「え～……知ってたらワンランク高いのを狙ったのに……」

「「だから、黙っていた」の！」

二人とも欲が無いなぁ……。

メイがウルフを従魔化したので、冒険者ギルドで従魔登録をしなきゃいけないらしく、ニアもそれに付き合うらしい。

……従魔登録って、何？

「公式ガイドにも載ってるけど、従魔を得た場合、ギルドで登録しなきゃ駄目なのよ。召喚獣の場合はその必要は無いけど」

「あ、従魔を得た場所のギルドで登録しないと駄目なんだ？」

僕はシルの事登録してないけど……まずいのかな？

「そういう訳じゃないけど、野生のモンスターと間違えられたり、揉め事に巻き込まれたりすると色々面倒だから、大抵は現地で登録するみたい」

ふ～ん。なら、セーフかな。

「シュウイ君はどうするの？」

「折角だから、もう少し狩りをしてみるよ」

「そう、じゃあ、今日はここでお別れね」

「またいつかっ！」

「うん、それじゃあ」

僕たちはパーティ設定を解除して別れた。

2. ナントの道具屋

ギルドに向かう二人とは別れたけど、まだ現地時間で二時を少し過ぎたところだ。このまま引き上げるのは勿体無い。シルのレベリングをしたいところなんだけど……

「ここのモンスター程度じゃ、お前のレベリングにはなりそうもないよね？」

懐から顔を出したシルに話しかけると、当然という顔をしていた。ギャンビットグリズリーは無理としても、最低でもスラストボアくらいじゃないと、シルも僕もレベリングにならないみたいだ。だったら……素材の回収しか無いよね。ただ問題は……

「もうそろそろ四つ目のアイテムバッグも一杯になるなぁ……」

【解体】と【落とし物】が頑張ってくれたお蔭で、プレーリーウルフの毛皮や魔石を始めとするドロップ品が凄い事になっている。アイテムバッグ一つには同種のアイテムは十個しか入らないので、メイとニアは入りきらない毛皮を抱えて……というか従魔（ウルフ）に運ばせていた。多分、それもあってギルドへ急いだんだろうな。

僕はＰＫから頂戴したアイテムバッグもあるから何とかなってるけど、そろそろ四つ目も危なくなってきている。

それ以前に、狩りをしようにも近くのモンスターはとっくに逃げ去って、【虫の知らせ】【気配察知】【嗅覚強化】のどれにも反応が無い。三つともスキルレベルは上がってるっていうのに……。

仕方がない。町に戻って、ナントさんの店で毛皮を買い取ってもらえるか相談しよう。

・・・・・・・・

「これはまた、大量に狩ってきたねぇ……」

僕が取り出した素材の山を見ての、ナントさんの第一声だ。

「……多過ぎますか？」

「いや、大丈夫、買い取れるよ。……あぁ、そうか。さっきギルドに女の子が大量の毛皮を持ち込んだって噂になってたけど……シュウイ君のパーティかい？」

「臨時ですけど。彼女たちの狩りのお手伝いをしたんですよ」

「なるほど……ケインからウィスパーチャットで聞いてはいたけど、実際に見るとやはり驚くねぇ……」

そう言いながらも、ナントさんは毛皮などの素材を全て買い取ってくれた。

「いや、プレーリーウルフの胆石なんて、初めてお目にかかったよ。十数年に一回出るかどうかって聞いていたけど……それが四個……」

「何に使うんですか、コレ」

「薬剤師が調薬に使うんだよ。もっとも、それなりのスキルレベルが必要になるけどね」

「心臓なんてアイテムもあるんですね……」

「要するに、丈夫な筋肉の袋だからね。用途は色々と多いんだけど、供給量が少なくて高騰してるんだよ」

他にも色々と珍素材がドロップしていた。うん、サナダムシなんてドロップ品は初めて見たよ……。ナントさんも吃驚（びっくり）してた。

「魔石はどうするんだい？」

「……何かに使えるんですか？」

「確か、従魔に与える事ができたはずだよ」

「！　――餌代わりに、ですか？」

「うん。それにこれだけの量が纏まってるなら、何も焦って売る必要は無いよ。魔石なら色々と使い途はあるしね。買い取りはいつでもどこでもやってくれるよ」

ナントさんのアドバイスに従って、魔石は売らずに取っておく事にした。ナントさん曰く、対人関係を円滑にする道具としても使えるそうだしね。

クロスボウのボルトが減っていたので、追加で購入しておく。


「そういえば、ボーラは上手く使えたかい？」

「あ、結構役に立ちました。これですけど」

試作品を取り出すとナントさんはまじまじと見ていたが、

「シュウイ君、君さえ構わなければ、これ、うちで売り出しても良いかな？」

「僕は構いませんけど……売れますか？」

「公式には設定されていない武器かもしれないけど、要は投げるだけだろう？【投擲】スキルがあれば難しくは……いや……ちょっと試させてもらって良いかな？」

一旦店を閉めて裏手に行く。広々とまでは言えないけど、手裏剣やクロスボウの試し撃ちくらいならできそうなスペースがあった。的代わりの杭に向けてナントさんがボーラを投げると、何の問題も無く絡み付いた。

「僕は【投擲】を持ってないんだけど……これは予想以上に使えそうだね」

「実際使えました。逃げようとするのを転ばせておけば、後で仕留めるのも楽でしたし。……でも、これくらい誰にでも作れませんか？」

「手先が器用な人ばかりじゃないからね。いずれは他の店でも売り出すかもしれないけど、それまでの間に稼がせてもらうよ」

僕は考えもしなかったけど、ナントさんに言わせると、スキルを必要としない武器というのはプレイヤーにとって福音らしい。スキル枠の数も決まっているし、それはあるかもね。

「それにこれなら生け捕りも可能だ。新たな需要を掘り起こす事になるかもしれないよ？」

ナントさんは凄い鼻息だけど、そう上手くいくんだろうか？　アイデア料として銀貨十枚を提示されたけど、謹んで辞退した。その代わりに、有益な情報があったら優先的に回してくれるようお願いした。僕にとってはそっちの方が重要だ。

見本を作ってくれと頼まれたので、試作品に若干の修正——錘の重さと縄の長さ——を施したものをいくつか作って渡した。ナントさんは冒険者ギルドにも持ち込むつもりだと言っていた。特許がどうとか呟いていたようだけど、聞かなかった事にする。僕としては目立ちたくないしね。

精算を済ませてナントさんの店を出る。宿に向かう途中で市場に寄って、シルのご飯を物色していく。身体は小さいのに、果物を凄い勢いで食べるもんだから、もう底を突きかけてるんだよ。あと、生肉への食い付きが悪かったので、塩分の少ない美味しい肉も探さないと……卵とかかな？

・・・・・・・・

宿へ引き上げて、少し早いけど夕飯にする。それが済んだら、今度はシルのご飯だ。果物の他に新鮮な葉物野菜を差し出すと、どちらも喜んで食べた。凄い食べっぷりだけど、成長期なんだろうね、うん。……卵の中で何も食べるものが無くて飢えていたなんて、哀しいオチじゃないよね？

市場で買った卵を茹でてもらったものを刻んで出してみると、これも喜んで食べた。僕も一つお相伴してみよう。……うん、美味しい。けど、やっぱり塩が欲しくなるね。市場で買った塩をかけて食べていると……シルがじっとこっちを見ている。まさか……

「お前も塩が欲しいの？」

そう訊くと、シルははっきりと頷いた。

どうしよう……。生き物にミネラルは必須だって言うし……少しくらいなら良いのかな。シルの茹で卵に少しだけ塩を振りかけてやると、以前にも増して喜んで食べている。……運営に問い合わせておいた方が良いかな。メイとニアにも従魔の食事について訊いてみよう。

食後にプレーリーウルフの魔石――小さいの――を出してやると、当たり前のような顔をしてこれも食べた。一つ食べると満腹したように引き下がったので、水を少し飲ませてやると、うぅんと伸びをした後で手足を引っ込めて眠りについた。

……運動不足にならないように注意しなきゃ。

ログアウトの前にスキルをチェックしておこう。最近はレアスキルをただ拾う事も減ってきたけど……あれ？【弓術（基礎）】【狙撃（基礎）】【投擲】ってスキルが増えてる。それも全部レベル1？……まぁ、貰える分には問題無いよね。使い易そうなスキルだし。

他には……杖術スキルの【突き】と【払い】が進化したのか、【杖術（物理）皆伝】っていうアーツを得てるな。……けど、（物理）って何？

……あぁ、そう言えば匠が言ってたっけ。パーソナルスキルをゲーム内の身体の動きに反映させる事はできるけど、それだけだとゲーム内の戦闘スキルを超えられないって……剣に魔力を纏わせて攻撃したり、気を飛ばしたりはできないって事だよね。……だから（物理）なのかぁ……。だとすると熊さん相手が限界かなぁ……。

……何か疲れたので、少し早いけど僕もログアウトしよう。

お休みなさい。

――――――――――

《シュウイのスキル／アーツ一覧》

レベル：種族レベル4＋
スキル：【しゃっくり　Ｌｖ2】【地味　Ｌｖ3】【迷子　Ｌｖ0】【腹話術　Ｌｖ3】【解体

Ｌｖ６】【落とし物　Ｌｖ７】【べとべとさん　Ｌｖ２】【虫の知らせ　Ｌｖ３】【嗅覚強化　Ｌｖ２】【気配察知　Ｌｖ２】【土転び　Ｌｖ１】【お座り　Ｌｖ０】【掏摸（すり）　Ｌｖ０】【イカサマ破り　Ｌｖ０】【反復横跳び　Ｌｖ０】【日曜大工　Ｌｖ１】【通臂　Ｌｖ１】【腋臭　Ｌｖ１】【デュエット　Ｌｖ５】【般若心経　ＬｖＭａｘ】【弓術（基礎）　Ｌｖ１】【狙撃（基礎）　Ｌｖ１】【投擲　Ｌｖ１】

アーツ：【従魔術（仮免許）】【召喚術（仮免許）】【杖術（物理）　皆伝】

ユニークスキル：【スキルコレクター　Ｌｖ４＋】

称号：『神に見込まれし者』

従魔：シル（従魔術）

◆第十七章　運営管理室

シュウイ達が南のフィールドでプレーリーウルフ狩りをしている頃、運営管理室では数人のスタッフがモニターの周りに集まっていた。いずれも呆(あき)れたという表情を隠そうともしていないが、うち数人の目には面白がっているような色が宿っている。

「ボーラとはね……」

「武器として採用するかどうかは、一応検討されたんですよね？」

「あぁ。ただ、アーツとして独立させるほどには技量が必要でないと判断されて、αテストにも実装されなかった」

「それをこの子が復活させた訳か……」

「まぁ、SRO(スロウ)には鎖鎌だってある訳だし、発想としては似たようなものだからな」

「で、どうするんです？」

「何が？」

スタッフの質問に、チーフである木檜は質問で返す。

「いえ、ボーラの取り扱いです。スキルかアーツに昇格させないでも良いんですか？　このままだと、スキルスロットを使用しない武器が登場する事になりますが？」

「この件に関しては、既に結論は出ているんだ。スキルやアーツ無しでもそこそこに使えるものを、無理矢理スキルやアーツに昇格させたところで、取得した場合のメリットは少ないだろう。プレイヤーの不興を買うだけだ」

「確かに……器用にウルフを絡め取っていますね」

「しかし……このプレイヤー、【投擲】スキルは取っていないんだろう？　それにしちゃ上手く扱ってるじゃないか」

「あぁ、それは多分危害半径の問題だね」

スタッフの疑問に答えたのは徳佐というネームプレートを付けたスタッフ——以前に特撮がらみでシュウイを優遇しようとした一人——であった。

「危害半径？」

「言葉が適切じゃないかもしれないけど……要するに、ボーラの場合、必ずしも小さな石——この場合は錘——を的に当てる必要は無いんだ。三個の錘を結ぶ縄が標的に当たりさえすれば、勝手に絡み付くからね」

「なるほど……縄の長さが七十センチなら、約一・五メートルの範囲に捉えさえすれば良い訳か……」

「致命傷を与える事はできないが、パーティプレイなら充分に使えるな……」

「スキルが不要でそこそこ使える武器。さて、ボーラの登場はどういう具合にゲームに影響するのかな？」

ワクワクした様子を隠さない木檜に対して、他のスタッフはげんなりとした視線を向けている。

「……とりあえず、目先の問題を片付けませんか？　ボーラに関して、あの少年には何もスキルを与えなくて良いんですか？」

「いや……そうだな、【投擲】スキルを与えておけ。レベル1のやつだ。それから、クロスボウについては予定どおりに」

「了解しました。クロスボウに関しては【弓術（基礎）】と【狙撃（基礎）】を与えておきます」

・・・・・・・・

同日、シュウイがナントの店を訪れた頃、運営管理室のスタッフ一同はモニターを注視していた。

「このナントっていうのはβプレイヤーか？」

「オープンβ版のテストプレイヤーです。βテストで得た資金と人脈を引き継いでの参加ですね」

「彼は『トリックスター』ではないんだな？」

「違います」

「シュウイ君の影響って事だろうね。いや、面白い」

悦に入っている木檜と違い、その他のスタッフたちは深刻な表情を隠さない。

「面白がっている場合じゃありません。あのナントってプレイヤー、よりによってボーラを冒険者ギルドに持ち込むつもりですよ」

「店頭売りだけでなくギルドへの売り込みか……遣り手だなぁ……」

「一気に知名度が高まるぞ？」

「プレイヤーは挙（こぞ）って飛び付くんじゃないか？」

「飛び付きもするだろうさ。戦闘職も魔法職も関係無く使える、スキルを必要としない中距離武器だぞ？　当たれば儲（もう）けもの。外れても硬直などのペナルティは無し、クールタイムも存在しない。飛び付かない理由がどこにある？」

「冒険者ギルドが採用するとなると……ＮＰＣも無視はしないんじゃ？」

「それだけじゃない。あの商人（ナント）め、生け捕りだとか、新しい需要を掘り起こすだとか、物騒なワードを呟いていやがった」

騒然とするスタッフ一同を見回した木檜が皆を一喝する。

「静かに！　この件については俺から上の方に報告しておく。設計や営業の連中とも話を詰めなきゃならんが、第二陣の参入に関連したアップデートの内容が、少し変更になる可能性を考えておいてくれ。俺は一旦ログアウトして、お偉いさんに会ってくる」

この時代のＶＲゲームでは珍しくはないが、ＳＲＯ（スロウ）の運営管理室もＶＲ空間内にある。プレイヤーの体感時間を加速している関係上、通常空間にいてはゲームの進行スピードに対応するのは困難と判断されたためである。なので、現実空間にいる人物に会うためには、その都度ログアウトする必要があった。

・・・・・・・・

「ボーラがね……そんなところまで影響するとは……」

「我々としても予想外でした。まさか序盤からNPCやシナリオの設定変更まで必要になるとは……」

「その、ナントというプレイヤーは、『トリックスター』ではないのだね？」

「違います。しかし、シュウイ少年という『トリックスター』に触発されて、二次的に『トリックスター』のような発想を得た可能性は否定できません」

「真の『トリックスター』とはそこまでのものか……」

「ナントというプレイヤーについては今後も監視していくつもりですが……それよりも今はボーラの件です。設定やシナリオの変更となると、早々に関係部署と話を詰めませんと、次のアップデートに間に合いません」

「解った。それは私の方でやっておく。君たちは今後も彼……いや、彼らの言動に注意して、新しい動きが見られたら報告してくれ」

「かしこまりました。では、失礼します」

木檜が退室した後で、部屋の主は深い溜息を一つ吐くと、電話をかけ始めた。

◆第十八章　篠ノ目学園高校（金曜日）

1．昼休み

今日は要ちゃんが図書委員会の用事で来られないという事で、三人だけの昼食になった。しかも生憎の雨模様のため屋上での昼食は中止、教室でのお弁当という事になった。

「要のやつ、自分が来れねぇもんで悔し紛れに雨降らせたんじゃねぇか」

あ～あ、匠、そんな事を言ってると……

「カナちゃんに言ってやろ～。匠君が悪口言ってたよ～、って」

「ちょっ！　よせよ茜、あいつの機嫌を損ねると洒落（しゃれ）にならねぇんだよ！」

「ん～？　どうしよっかな～？」

「……解った、帰りに何か奢（おご）る……」

あ～あ、匠のやつ、後先考えずに約束して……

「茜ちゃん、要ちゃんは今日は一緒に帰れるの？」

「うん、帰りは大丈夫だって」

「だってさ、匠」

「……それが何だよ？」

「帰り道、茜ちゃんだけに何か奢るつもり？　要ちゃんを放ったらかしで？」

「あ……要にも奢る事になる……のか？」

「うん。で、あの要ちゃんが、珍しく匠が奢る理由を追及しないとでも？」

「あ……いや、そこは茜が……」

「茜ちゃんが約束したのは、匠の失言を黙ってる事だけだよ？」

「うん、そう」

「そ……」

「頑張ってな、匠」

あ、突っ伏した。

「それで、蒐君、プレーリーウルフは無事にテイムできたの？」

「うん。大丈夫だったよ。二人ともレベル４のウルフをモノにしてた」

「「レベル４？」」

机の上に突っ伏していた匠がむくりと起き上がる。

「うん。孵した時にはレベル５だったのに、テイムとサモンの後にレベルが下がっちゃったんだ。運営もセコいよね」

「いや、そういう仕様だから……って、最初の従魔がいきなりレベル４かよ」

「飛ばしてるよね～」

「そうなの？」

「そうなの……って、最初の従魔は大抵がレベル１か２だぞ？　それを育てて強くしていくのが、従魔術師（テイマー）や召喚術師（サモナー）の醍醐味（だいごみ）だろ？」

「そうなんだ……悪い事しちゃったかなぁ？」

「いや、まぁ、本人たちが納得してるんなら良いんじゃねぇか？」

「う～ん……早く先の町へ行きたいような事を言ってたし、良いのかな」

そう言うと、匠と茜ちゃんの雰囲気が少し変わった。

「へぇ……レベル４の従魔でブーストして、俺たち先行組を抜き去ろうってのか？」

「む～、ライバル～」

「あ、少し違うみたい。ナンの町の周りは虫とか可愛くないのばっかりだから、さっさと先に進んでモフモフを見たいって言ってた」

メイとニアから聞いた事情を説明すると、目の前の二人の闘志が急に萎（しぼ）んでいく。

「……そんな理由かよ」

「人それぞれだね～」

「ま、二人は二人なりにゲームを楽しむみたいだし、良いんじゃない？」

2．放課後

「ふ〜ん？　どういう風の吹き回し？」

「いや……まぁ……偶にはな……（汗）」

　予想どおり匠のやつが要ちゃんの追及に曝（さら）されている。いつもなら缶ジュースの一本も奢らないやつが、急に「幕戸」で奢るなんて言い出せば、疑いを招くのは当然だろう。

「匠が珍しく殊勝な事を考えたせいで、朝から雨が降ったんじゃない？」

　さり気無く、朝から雨が降っていたのは、朝から奢るつもりだったからという冗談にすり替えて誤魔化してやる。うん、匠は昼休みに失言なんてしてないよ〜……と言いたいところだけど、要ちゃん、勘が良いからなぁ。

「ふ〜ん？　なぜ殊勝な事を考えたのかが気になるんだけど？」

　柔らかに微笑む要ちゃんの視線は、しかし匠に突き刺さって離れない。「微笑みの悪魔」っていうあだ名は、要ちゃんにこそ相応しいと思うんだよ。

「蒐君、何か言った？」

「ん〜ん？　何も言ってないよ？」

　ほら、このとおり勘が良い。

「ま、他人の厚意の裏側にあるものを詮索するのも無粋だし、ありがたく御馳走になるわね」

　にっこりと微笑んで要ちゃんは匠を解放した。無罪ではなく、証拠不充分で釈放、ってところかな。

「そういえば蒐君、茜ちゃんに聞いたけど、プレーリーウルフは無事テイムできたのよね？」

　チョコレートサンデーを優雅に口に運びながら、要ちゃんが訊いてくる。

「僕がじゃないけどね。従魔術師（テイマー）の娘（こ）が馴致（テイム）に成功して、召喚術師（サモナー）の娘が召喚（サモン）に成功したよ」

「蒐君が脅し付けて従わせたの？」

「違うよ！　何言ってんのさ、要ちゃん」

　みんな、僕の事を何だと思ってんのさ。

「や～、てっきり蒐君がキョーカツしたんだと……」

　茜ちゃん……

「んじゃ、蒐は何やったんだ？」

「群れの個体を少し間引いただけだよ。雑魚の相手ってとこ」

「じゃあ、従魔にしたウルフはその娘たちが自力で屈服させたの？」

「でなきゃ、テイムもサモンも成功する訳無いじゃん」

「その娘たち、レベルはいくつなんだ？」

「ん～……個人情報だし、言えないかな」

「それもそうか……あ、蒐はどうやって闘ったんだ？」

「クロスボウと杖、あとはボーラかな」

「ボーラ？」

　三人ともボーラを知らないみたいだから説明してやったんだけど……。

「……また、妙なものを持ち込んだな……」

「難しいの？」

「いや～？　適当に投げても結構絡み付くよ」

「そうなんだ……」

「トンの町で手に入るの？」

「ナントさんの店で買えるはずだけど……そう言えばナントさん、冒険者ギルドに持ち込むとか言ってたな」

「マジか!?」

　おお……匠が凄い食い付きだ……

「蒐、お前が考えてる以上に、ボーラの需要は高まると思うぞ」

　そうなのかな……。あ、そうだ。

「あ、僕、明日から一泊で狛江（こまえ）の祖父ちゃんとこに行くんで、明日はSRO（スロウ）できないから」

蒐一たちの通う高校は、土曜は――学校行事や祝日の関係で多少の変化はあるが――隔週で休みとなっており、明日は授業の無い日に当たってい た。


「お、祖父さんのとこに行くのか」

「うん、さすがに機械は持ってけないしさぁ」

「携帯用のマシンも開発されてるみたいだけどな……やっぱ高くなりそうだわ」

「ゲームばかりやってるのは不健康だし、良いんじゃない？」

「じゃあ、月曜までお預け？」

「いや、日曜の夜には戻るつもり。何かあったら連絡するから」

◆第十九章　トンの町

1．北のフィールド

土曜日は狛江の祖父ちゃんの所に泊まったから、SRO(スロウ)にはログインできなかった。金曜日も学校の課題と、祖父ちゃんのとこへ行く支度やら何やらでほとんど何もできなかったしな。結局、南のフィールドで薬草を採って納品しただけで終わったよ。このところギルドには行ってなかったから丁度好かったけど。

スキルの事とか詮索されると面倒だから、ギルドでは初心者向けで脅威度の低い南のフィールドでの依頼しか受けられない。けど、南のフィールド程度では、僕やシルのレベリングには役立たない。だから依頼を受けずに行くしか無いんだけど、そうするとギルドへの貢献度が上がらなくて、ランクアップが遅れるんだよ。

今後も外泊する事はあるだろうし、準備や何かに使う時間も考えて計画を立てなきゃだね。……課題は学校で片付けるのも良いかな。

そんな訳で実質二日ぶりのSRO(スロウ)。今日は一人で――シルは一緒だけど――北のフィールドに来ている。目的はシルのレベリング。もうプレーリーウルフ程度じゃシルの相手には力不足だしね。かといって、いきなり東のフィールドでギャンビットグリズリーを相手にするのも不安だから、間を取って北のフィールドだ。ＰＫが来るなら来るで、狩ってしまえば良いだけだしね。

「シル、今日はお前の防御力に期待してるからね。それで、僕の懐に入ったままで良いの？　自分で歩く？」

そう訊いたんだけど、シルとしては懐に入ったままの方が良いらしい。……運動不足とかにならないよね？

「……じゃあ、適当に歩いて行こうか」

フィールドに入ってからずっとオンにしている【虫の知らせ】【気配察知】【嗅覚強化】に反応がある。……人間じゃないな。


草むらがガサリと揺れ動くと、大きな影が飛び出して来た。距離は五十メートルほどだが、速い。クロスボウもナイフも取り出す暇は無いな。一旦回避して……

ドガッ、としか言いようの無い音が響くと、大きな猪(いのしし)がひっくり返っていた。何が起きたのか考える前に身体が動く。杖先を無防備な喉笛に突き込むと、光になって消えた。ログを確認してみると、今の猪がスラストボアだという事と、シルが力場障壁(バリアー)に激突したのだという事が判った。


「シル、お前がやったの？」

シルに確認してみると、当然という顔で――少し誇らしげに――頷いた。試しにシルを鑑定してみる。

《シュウイの従魔一覧》

個体名：シル
種族：ウォーキングフォートレス（幼体）
レベル：種族レベル１
固有スキル：【力場障壁(バリアー)　Lv１】

へぇ……レベルや何やかが表示された。以前は名前だけしか表示されなかったんだよね。初戦闘を行なった事で何かがアンロックされたのかな。

……まぁ、良いや。

「シル、この調子でどんどんレベルを上げていくよ」

（コクコク）

シルは頷いて同意を示してくれた。それじゃあ、行こうか。

・・・・・・・・

お昼頃、僕たちは見晴らしの好い草原でお昼にしていた。僕は「微睡の欠片亭」の女将さんに頼んで作ってもらったお弁当、シルはアイテムバッグに仕舞ってあった果物を食べていた。柔らかな日射し(ひざし)とそよそよとした風が気持ち好く、食事の後も小半時ほどぼーっとしていたが、いつまでもこうしている訳にはいかない。

「シル、お前、このところ運動不足だろ？　少し身体を動かさなきゃ駄目だよ」

僕の言葉にシルは頷いて、元気良く歩き出す。

……意外と速いんだね。

三十分ほどシルが行ったり来たりを繰り返している間に、僕はドロップ品のチェックでも……結構多いね。……うん、先にログを見直して、討伐数のチェックからやっておこう。

スラストボア×4頭、ワイルドボア×2頭、プレーリーウルフ×22頭、ホーンドラビット×3頭、モノコーンベア×1頭、ハイディフォックス×1頭、サイレントホーク×1羽、スキップジャックヴァイパー×1頭、ファイアリザード×3頭、インビジブルマンティス×1頭……

スラストボアは今日最初に狩った猪で、プレイヤーを見かけると問答無用で突っ込んで来る脳筋だ。身体が大きくて硬いので、北のフィールドでも危険物扱いらしい。ワイルドボアはそれより小さな猪だけど、こいつも気が荒かった。モノコーンベアは頭部に短めの角が一本生えた熊で、体長は二メートルくらい。こいつもスラストボアと同じように攻撃してきたので、同じように狩った。

ハイディフォックスは姿を消して襲って来る狐(きつね)だけど、シルの力場障壁(バリアー)を抜く事ができず、戸惑っているうちにお陀仏。サイレントホークは、一撃を食らって瀕死のホーンドラビットをかっ攫おうと空から音もなく降下してきたけど、【虫の知らせ】【気配察知】【嗅覚強化】のトリプルコンボを誤魔化す事はできずに、その身を以て罪を償った。

　スキップジャックヴァイパーはジャンプして襲って来る短躯の蛇で、伝説のツチノコみたいな感じだった。ファイアリザードは火魔法を使う蜥蜴だったけど、シルの力場障壁を抜く事はできず、火が途切れたタイミングでクロスボウを撃ち込まれてお終い。インビジブルマンティスという二メートル近いカマキリも、狐と同じように姿を消して襲って来たけど、やっぱり結末も同じだった。

　うん……ちょっとだけ多いかな、ちょっとだけ。

　いつの間にか狩ったモンスターが十種類。当然、ドロップしたアイテムの種類はそれ以上になっていて、アイテムバッグは三つ目に入っている。

……レベリングは順調だけど、そろそろ引き上げるタイミングかなぁ……。ここ、北の門から結構離れてるしね。帰りにもモンスターに出くわすだろうし……。

　よし、戻ろう。

「シル、そろそろ引き上げようか。帰りにも何か狩れるだろうしね」

　そう言うとシルは少し考えていたみたいだけど、やがて頷いて僕の方に歩いて来たので、拾い上げて懐に入れる。まだ日は高いけど、常に余力を残しておかないと駄目だって、祖父ちゃんがいつも言ってるしね。

　ＰＫを狩れなかったのが心残りだなぁ……。

2. ナントの道具屋

「いやいや……今日もまた自重(じちょう)しない品揃えで攻めてきたね……」

シュウイが持ち込んだドロップ品の山を前にして、呆れたような諦めたような表情を浮かべつつ、店主の獣人ナントは乾いた声でそう言った。無理もない。前回も結構な珍品を持ち込んできたが――プレーリーウルフのサナダムシなんてアイテムがあるなど想像もしなかった――今回はそれに輪をかけて酷い――凄いではない――アイテムが揃っている。

まず、モンスターの種類だけで十種類あるのはまだ良い――本当は良くはないのだが――としても、ドロップ品が毛皮や爪、牙、魔石なんていう月並みでないのはどういう事か。狩るのが難しいとは言えハイディフォックスの毛皮くらいならまだ常識的と言えるが、スラストボアの脊髄液だのファイアリザードの結石だの……ワイルドボアのたん瘤(こぶ)だとかモノコーンベアの親知らずに至っては、もはや運営の悪ふざけとしか思えない。そんな代物を山のように持ち込む客も客だ。

ナントが呆(ほう)けたように珍素材の山を眺めていると、きまり悪げな表情でシュウイが訊ねる。

「やっぱり、買い取りは無理ですか？」

その声に我に返ったナントは、慌てたように答えを返す。

「あぁ、いや、そんな事は無いよ？　ただ、普通に店頭売りすると、間違いなく大騒ぎになるねぇ」

「それじゃ、買い取って戴いてもデッドストックになるだけじゃ……」

「いやいや、僕はこれでもβプレイヤーだからね。

それなりの伝手というものがあるのさ」

　ナントの言うところによれば、βテストプレイヤーは特典として装備や素材、資金などの一部を、正式版のSRO（スロウ）に引き継ぐ事が可能なのだという。ナントはその特典を使って、β版で稼いだ資金と人脈の一部を引き継いだのだそうだ。

「だから、まだ開放されてない町や王都にも知人がいてね、彼らに連絡を取りさえすれば捌（は）けるんだよ。現にサナダムシは売れたしね」

「はぁ……βプレイヤーともなると、凄い伝手を持ってるんですねぇ……」

　――シュウイ君は感心したような声を上げているが、正直言って値付けの方は全く自信が無い。たん瘤や親知らずの値段なんか判るものか。サナダムシの時だって、王都の錬金術師に話を持ち込んだら向こうがえらく興奮して高値を付けてきたので、そのまま言い値で売っ払ったのだ。破格の安値で手に入ったと向こうはえらく感謝していたが……。

「……悪いけどシュウイ君、これだけの珍素材の山となると、僕も正しく値付けができるかどうか自信が無い……いや、はっきり言ってできない。なので、知人たちに連絡を取って、向こうの言い値を参考に値段を付けようと思うんだ。だから、支払いはしばらく待ってもらえるかい？　なんだったら前金を渡しておくし」

　――うん。僕としても、別に急ぐ必要は無いからね。ゆっくりと値段を付けてもらおう。

「僕は構いませんよ。でも、さすが王都ではこんなものが売れるんですね～」

　ワイルドボアのたん瘤とか、何に使うんだろうね。

「いやぁ、この町でも話を持って行く相手を選べば売れると思うよ？　実際に話を持って行くつもりだし」

「え？　初心者にどうこうできる素材じゃないと

思うんですけど」

「いや、アーツを習得する方法の一つとして、住民(NPC)に弟子入りするっていうのがあったろう？プレイヤーには無理でも、住民(NPC)の先達ならこういったものも取り扱えるという訳さ」

「あ〜、そういう事なんですね」

勉強になるなぁ。

3．運営管理室

モニターを見ていた男たちからは、口々に怨嗟の声が上がった。

「畜生っ！　何て事を言い出しやがるんだ、こいつは！」

「こいつも『トリックスター』なのか？」

「いや、『トリックスター』なのはその少年だけだ。道具屋のプレイヤーは少年に当てられて舞い上がっているだけだろう」

「しかし、厄介な事を言い出してくれた」

スタッフたちの怨（うら）みがましい視線は、トンの町で道具屋を営むナントというプレイヤー——の、モニター上の映像——に向けられている。

「王都の連中に伝手がある……って、何でこんな特典を許可したんだ！」

「仕方なかろう。あの当時は彼が『トリックスター』と関わるとは予想できなかった……いや、『トリックスター』の存在すら知らない者がほとんどだったんだからな」

「よせ、昔の事を蒸し返しても始まらん。それより、この段階で珍素材が王都に流れる事の方が問題だ」

「王都が開放されるのは終盤になってからの予定だったからな……」

「まさか序盤から王都へのコンタクトがあるなんて、考えてもみなかった」

「あのプレイヤーの言葉が真実なら、既に王都のユニットのいくつかは目覚めているという事だぞ」

「それだけじゃない。今回の素材が王都に、いや王都でなくても他の町に流れたら、錬金術師（アルケミスト）や薬師（ファーマシスト）のユニットは本格的に動き出すぞ」

「ナントというプレイヤーに連絡しますか？　素

材を売らないように」

「馬鹿な、木檜さんじゃないが、そんな事はできん」

　言下に否定したのは、以前に大楽と呼ばれていた男である。

「まだ序盤の段階だというのにそんな事をしてみろ。運営、ひいてはSRO（スロウ）に対する不信感を煽（あお）るだけだ」

「不幸中の幸いに、今回得られた素材では高い貢献値は得られない。問題は今後の事だ。もしこの調子で『トリックスター』がもたらす素材が王都に流れたら……」

「いや、揚げ足を取るつもりは無いが、王都に流れるんならまだましだ。王都のユニットは閾値（いきち）を高く設定してあるから、そう簡単には動かんだろう。しかし、他の町のユニットは……」

「閾値が低い分動き易い、クエストが解放され易い。そう言いたいのか？」

「……だとすると、ナントというプレイヤーが言うように、トンの町のNPC……錬金術師や薬師に持ち込まれるとまずいんじゃ……」

　数名のスタッフがギョッとしたように振り返るが、大楽というスタッフは動じない。

「いや……トンの町には大したクエストは仕込んでいない。例外はグランドクエストだが……さすがに起動はしないだろう……」

　語尾が自信無さげに小さくなったのを勇気づけるように、チーフスタッフの木檜が発言する。

「グランドクエストはいざとなれば凍結も延期もできる。解放のタイミングはこちらで選べるだろうから、心配無い」

　一同ほっと胸を撫（な）で下ろしたが、問題は依然として残っている。だが、ここで徳佐というスタッフが、思いがけない提案をしてのけた。

「『トリックスター』から他の町へ極レア素材が流れ込むのを阻止したい。問題はそういう事だと思うが？」

「そうだが……何か策でもあるのか？」

大楽の問いかけに一つ頷いて、徳佐という男は話を続ける。

「すぐに思い付く方法は二つ。まず、『トリックスター』が物騒な素材を入手するのを防ぐ」

「それは無理だ。プレイヤーへの不公平かつ恣意的な干渉に当たる」

「問題になるのは【落とし物】スキルだろうが、あれに手を加えるのはまずいだろう。SROのあり方そのものを問われるぞ？」

「あぁ、だが、確認したい事がある。【落とし物】によるレアドロップ発生は、パーティメンバーにどの程度反映されるのか？」

「パーティメンバーが拾えるのはレアまでです。スーパーレア以上のものは、スキル保有者にしか落ちません」

質問の答えを確認したところで、徳佐が話を再開する。

「では二つ目の手段。『トリックスター』がレアドロップを売却するのを防ぐ」

「そんな事ができるのか？」

「そのために、『トリックスター』に【錬金術】と【調薬】のスキルを与える」

管理室の全員が——木檜も例外ではない——あっと言って、そのまま沈黙した。やがて口を開いたのは木檜である。

「……なるほど。【錬金術】と【調薬】を持っていれば、素材に使えるレアドロップは売らずに取っておく可能性が高い。他の町へ流れる危険性は低くできるか……」

「あくまで低くできるというだけでしょうが……」

言い訳めいた徳佐の言葉を遮るように発言したのは大楽である。

「いや、俺にも有効な手段のように思える。と言うより、現状では最善手だろう」

「だが……レベル１のスキルでどの程度効果があるか……」

懸念を覚えたスタッフの発言を打ち消したのは、中嶌という若いスタッフである。

「いえ……丁度好い按排に、『トリックスター』の少年が【器用貧乏】を取得しました」

「技術習得の底上げスキルか！　それならすぐにでもレベル3に上がる。売らずにおこうという動機付けには充分だろう」

「だが……どういう訳で入手した事にする？」

「何も言わなくて良いだろう。そういう仕様なんだと思うさ」


何とかなりそうだと見越した運営スタッフの安堵と共に、シュウイは更に二つのアーツを、有耶無耶のうちに得る事になった。

ちなみに、召喚術師で錬金術師で武道経験者というキャラクターから、とあるライトノベルの主人公を連想した者はスタッフにも多くいた。だが、あそこまでのバランスブレイカーにはならんだろうという希望的観測に縋ったのか、その事を口にする者はいなかった。

フラグが立つのを恐れたのかもしれないが。

従魔を愛でるスレ

１：スレを立てたテイマー
ここは従魔を愛でるスレです。テイマーさんもサモナーさんも、可愛い従魔の話題で盛り上がりましょう。
荒らし行為、晒し、中傷は禁止です。良識ある「語り」を楽しみましょう。
次スレは＞＞９５０を踏んだ人が、宣言した上で立てて下さい。

２：従魔のいないテイマー
＞＞１
スレ立て乙

３：従魔のいないテイマー
まだ従魔を持ってる人は少ないと思うけど、そのうち増えるのかな？

４：従魔のいないサモナー
そう信じたい

５：従魔のいないテイマー
過疎ってるね～

６：従魔のいないテイマー
ところで、スレ主は従魔持ち？

７：スレを立てたテイマー
そ～だよ～。テイムできて舞い上がって、スレ立てちゃいました

８：従魔のいないテイマー
＞＞７
裏山

９：従魔のいないテイマー
＞＞７
どんな子？

１０：スレを立てたテイマー
つ（画像）（画像）（画像）
これがうちの子♪

１１：従魔のいないテイマー
＞＞１０
ホーンドラビット？

１２：スレを立てたテイマー
うん。ぶっちゃけ戦闘力は低いけど、警戒能力が高くて助かってる。何よりフワフワでモフモフで可愛いし

１３：従魔のいないテイマー
＞＞１２

もげろ

１４：従魔のいないテイマー
＞＞１２
はぜろ

１５：従魔のいないサモナー
＞＞１２
呪われろ♪

１６：スレを立てたテイマー
＞＞１３－１５
やめてよ～（涙）　折角みんなと交流しようと思ったのに～

１７：従魔のいないテイマー
正直自慢としか……早くテイムして勝ち組になろう

１８：スレを立てたテイマー
＞＞１７
早くおいで～。こっちは楽しいよ～

１９：従魔のいないテイマー
スレ主が妖怪化している

２０：従魔のいないサモナー
＞＞１２
警戒能力については私も他の人から言われました。斥候としてネズミとか小鳥をテイムしてはどうかって。本職の人も斥候は大事だって言ってましたから、戦闘力だけに目を奪われるのは軽率かもしれません

２１：従魔のいないサモナー
おお、お仲間だ。てか、本職って？

２２：従魔のいないサモナー
個人情報だからこれ以上はパスで

２３：従魔のいないサモナー
了解。でも、本職が言ってるのなら間違いないのか

２４：従魔のいないテイマー
戦闘力ばかり気にしてたけど、序盤はむしろ警戒能力の方が重要かも

２５：従魔のいないサモナー
可愛いかどうかで決める。役割を振るのは後回し

２６：従魔のいないサモナー
おおっ、男前な意見がきた

２７：従魔のいないサモナー

＞＞２５
でも、ゲームだからそれが正解かも

ーーーーーーーーーーー

４８１：ウルフを連れたテイマー
テイム成功！
つ（画像）（画像）（画像）

４８２：トカゲを愛するテイマー
＞＞４８１
おお。ウルフは初めてかな

４８３：従魔のいないテイマー
裏山　おいらもはよせな

４８４：従魔のいないテイマー
序盤でウルフって、大変だったんじゃないですか？　どうやって？

４８５：ウルフを連れたテイマー
殴るのが上手な人に手伝ってもらった

４８６：従魔のいないテイマー
葉？

４８７：トカゲを愛するテイマー
日？

４８８：スレを立てたテイマー
富？

４８９：ＫＹなサモナー
臭そうな字しか思いつかんからチェインぶった切る。
４８５の言うのは、誰かに手伝ってもらったっていう意味か？

４９０：ウルフを連れたテイマー
そう。その人が殴ったウルフに、追い撃ちをかけてテイムを迫った

４９１：トカゲを愛するテイマー
４９０が一気に悪役に

４９２：従魔のいないテイマー
＞＞４９０
ウルフが悲劇のヒロインっぽい

４９３：ウルフを連れたテイマー
＞＞４９１－４９２
大事にしてるよ！

４９４：従魔が欲しいテイマー
従魔を得るまでの間は、誰かに手伝ってもらうのもあり？

４９５：従魔が欲しいサモナー
アリだと思う。サモナーでも可能だろうか？

４９６：ウルフと契約したサモナー
可能です
つ（画像）（画像）

４９７：従魔が欲しいサモナー
実例キタ――ッ　ひょっとして４９３のツレ？

４９８：ウルフと契約したサモナー
ツレです。最初は別々の従魔にしようと思ってたんですが、ウルフの場合は連携しての攻撃が可能だと言われて

４９９：スレを立てたテイマー
あ～　それはあるかも

５００：従魔が欲しいテイマー
他の従魔と協力するわけかぁ

５０１：ウサギと一緒のサモナー
パーティなら、そういう基準で従魔を選ぶのもありかもしれませんね
私はモフモフに魅入られてこの子にしたけど

５０２：従魔募集中のテイマー
けど、現状では野生の個体を手なずけるしか方法はないんでしょ
どっかのゲームのように、従魔の卵って売ってないのかな～

５０３：猫を連れたテイマー
＞＞５０２
それがそうでもないんですよ～

５０４：スレを立てたテイマー
おお、新人だ。てか、猫？

５０５：従魔が欲しいサモナー
猫って、いたの？

５０６：猫を連れたテイマー
うちのミシェール君で～す
つ（画像）（画像）（画像）（画像）

５０７：スレを立てたテイマー
猫だ

５０８：トカゲを愛するテイマー

猫だね

５０９：従魔募集中のテイマー
ｋｗｓｋ

５１０：猫を連れたテイマー
ギルドで迷子のペット探しっていう依頼があったので受けて、なんとか見つけだしたら「クエスト達成！」っていう文字が出て、報酬として見つけた猫ちゃんの兄弟をもらえることになったんです～

５１１：従魔募集中のテイマー
ガタッ！

５１２：従魔が欲しいテイマー
ガタタッ！

５１３：猫を連れたテイマー
あ、でも、それ以来その手の依頼を見かけませんから、もうなくなったのかもしれません～

５１４：トカゲを愛するテイマー
その後、５１１と５１２を見かけた者はいなかった

５１５：従魔が欲しいサモナー
早呑み込みで出て行くから……

－－－－－－－－－－－

（以下、続く）

5．微睡みの欠片亭

少し早いけど「微睡の欠片亭」へ戻り、夕食を食べて自室へ引き上げる。ステータスボードを確認したら、運営からのメールが来ていた。シルのご飯について問い合わせていたから、その答えだね、きっと。

『いつも弊社のゲームをお引き立て戴き、ありがとうございます。ご質問の件でございますが、幻獣には特に食事を与える必要はございませんが、与える場合は欲しがるものを食べさせて戴ければ結構です。塩分の摂り過ぎや生活習慣病などの設定はしておりません。ぶっちゃけて申しますと、そこまで凝った仕様には致しておりません。お客様がお食べになっているものを、そのままお与えになって下されば結構です。心置き無く幻獣とご一緒のお食事をお楽しみ下さい。なお、この仕様は普通の従魔でも同じである事を申し添えさせて戴きます。

それでは、今後もSRO（スロウ）での生活をお楽しみ下さい』

うん、そんな予感はしてたけど、何を食べさせても良いみたいだね。

「おいで、シル。運営さんからのお墨付きを貰ったから、好きなものを食べて良いよ」

そう言うと、シルは心なしか嬉しそうにお気に入りの果物を食べ始めた。ついでにシルのステータスをチェックしておこう。

《シュウイの従魔一覧》

個体名：シル

種族：ウォーキングフォートレス（幼体）
レベル：種族レベル３
固有スキル：【力場障壁（バリアー）　Ｌｖ３】

おお、レベリングの効果はあったみたいだね。

僕はどうかな？

《シュウイのスキル／アーツ一覧》

レベル：種族レベル６
スキル：【しゃっくり　Ｌｖ２】【地味　Ｌｖ３】【迷子　Ｌｖ０】【腹話術　Ｌｖ３】【解体　Ｌｖ６】【落とし物　Ｌｖ７】【べとべとさん　Ｌｖ２】【虫の知らせ　Ｌｖ４】【嗅覚強化　Ｌｖ３】【気配察知　Ｌｖ３】【土転び　Ｌｖ２】【お座り　Ｌｖ０】【掏摸　Ｌｖ０】【イカサマ破り　Ｌｖ０】【反復横跳び　Ｌｖ０】【日曜大工　Ｌｖ２】【通臂　Ｌｖ１】【腋臭　Ｌｖ１】【デュエット　Ｌｖ５】【般若心経　ＬｖＭａｘ】【弓術（基礎）　Ｌｖ１】【狙撃（基礎）　Ｌｖ１】【投擲　Ｌｖ１】【器用貧乏　Ｌｖ０】
アーツ：【従魔術（仮免許）】【召喚術（仮免許）】【杖術（物理）　皆伝】【錬金術（基礎）　Ｌｖ０】【調薬（基礎）　Ｌｖ０】
ユニークスキル：【スキルコレクター　Ｌｖ５】

……


……あれ？　新しいスキルとアーツが増えてる。

【器用貧乏】はともかく……【錬金術（基礎）】と【調薬（基礎）】って、別にレアじゃなかったよね？　僕も最初は取るつもりだったし、【調薬（基礎）】。……能く解らないけど、こんな事もあるのかな。謎だらけだしね、「スキルコレクター」。

まぁ、貰えたんなら儲けものだ。それよりも【器用貧乏】って……へぇ、技術習得の底上げスキルなのか。これは早速使ってみて、レベルを上げておいた方が良さそうだな。けど……今ここで対象にできそうなスキルは無いか……。

あ、いや、【錬金術（基礎）】と【調薬（基礎）】を拾ったんだっけ……駄目だ、道具も何も無いや。

……でも、一応説明を読んでみるか。え～っと……

【錬金術（基礎）】や【調薬（基礎）】は、基本的な六つのスキルのセットらしい。【素材鑑定】【粉砕】【混合】【分離】【抽出】【浸漬（しんし）】……あれ？　道具要らないの？　だったらできるのかな？　けど、素材は全部売っ払って……あ、果物がある。【器用貧乏】のレベル上げが目標なんだから、【錬金術（基礎）】の方は失敗しても良いか。だったら、やってみようかな。試しに、果物からジュースを抽出してみるか……。おっと、先に【器用貧乏】を起動して……

「錬金！　……あれ？」

何の変化も起きず、ウィンドウには《抽出に失敗しました》《【器用貧乏】がレベル1になりました》の文字が……。目的の【器用貧乏】は首尾良くレベル1になったけど、【錬金術（基礎）】の方は……？

《錬金術（基礎）がレベル1になりました》

……うん、失敗はしたけどレベル1に上がったね。けど、何か釈然としない。もう一度やってみるか。確かイメージが大事だって聞いた事がある。ジュースを抽出するイメージをしっかりと思い浮かべて……

「錬金！　錬金！」

……やっぱり何も起こらないや……。

――当たり前である。

そもそも「抽出」とは、素材を溶媒に漬けてエキスなどを溶媒に溶かし出すスキルであって、果汁を絞るスキルではない。

いや、それ以前に、仮に「抽出」を行ないたいのなら、「錬金」ではなく「抽出」と唱えるべきである。イメージがどうこうという以前の問題であった。

このような勘違いと【器用貧乏】が働き合った結果として……

《錬金術（基礎）がレベル3になりました》

《一度も錬金術に成功する事無しにレベル3に上がったので、【錬金術（邪道）】のアーツを得ました。なお、【錬金術（基礎）】は上書きされて消滅しました》

……え？

待って待って！ いや、【錬金術（邪道）】って、何!?

……一度も錬金術に成功する事無しにレベル3に上がったって……あ～【器用貧乏】の効果かぁ。けどまぁ、一応錬金術ではあるようだし、何より「邪道」って響きが僕の琴線に触れる。

……【調薬（基礎）】もあるんだよね。

・・・・・・・

はい、やっちゃいました、【調薬（邪道）】。後悔はしていない。

明日はこのスキルの確認かな。

お休みなさい。

――――――――――

《シュウイのスキル／アーツ一覧》

レベル：種族レベル6

スキル：【しゃっくり　Lv2】【地味　Lv3】【迷子　Lv0】【腹話術　Lv3】【解体　Lv6】【落とし物　Lv7】【べとべとさん　L ｖ２】【虫の知らせ　Ｌｖ４】【嗅覚強化　Ｌｖ３】【気配察知　Ｌｖ３】【土転び　Ｌｖ２】【お座り　Ｌｖ０】【イカサマ破り　Ｌｖ０】【反復横跳び　Ｌｖ０】【日曜大工　Ｌｖ２】【通臂　Ｌｖ１】【腋臭　Ｌｖ１】【デュエット　Ｌｖ５】【般若心経　ＬｖＭａｘ】【弓術（基礎）　Ｌｖ１】【狙撃（基礎）　Ｌｖ１】【投擲　Ｌｖ１】【器用貧乏　Ｌｖ１】

アーツ：【従魔術（仮免許）】【召喚術（仮免許）】【杖術（物理）　皆伝】【錬金術（邪道）　Ｌｖ０】【調薬（邪道）　Ｌｖ０】

ユニークスキル：【スキルコレクター　Ｌｖ５＋】

称号：『神に見込まれし者』

従魔：シル（従魔術）

◆第二十章　運営管理室

モニターを見ていたスタッフたちは、シュウイの選択とその結果に対して、驚愕と怨嗟の声を上げた。

「折角用意した【錬金術（基礎）】と【調薬（基礎）】が……」

「【錬金術（邪道）】に【調薬（邪道）】……って、何だよ!?」

「聞いた事の無いスキルだな……」

そんな中で、チーフの木檜だけは騒ぎに加わる事も無く、難しい顔付きで考え込んでいた。

「邪道スキルか……」

その呟きを耳にしたスタッフが訝しげに訊ねる。

「木檜さん、邪道スキルって何です？」

「正規の材料と手段を用いずに生産するスキルだ。俺もそれくらいしか知らん。あのスキルを用意したのは誰だ？」

気軽な木檜の問いに応える者が誰もいなかった事で、俄に緊迫した空気が充ちてゆく。

「おい！　あのスキルを設計したのは誰だ!?」

「僕はてっきり徳佐さんだと……」

「俺じゃない。てか、何でもかんでも俺のせいにするな」

「じゃあ、誰だ？」

「ここにいないやつか？」

「三田が休暇中だが……」

「いや、あいつはスキルに関わっている暇は無かったはずだ」

「開発に異動した鳴瀬（なるせ）は？」

「あいつはグラフィック担当だろう。第一、あの当時はアメリカに長期出張中だ」

「戀水（こいずみ）女史でもないよな……」

　ああでもないこうでもないと話が混迷を来す（きた）中、一人のスタッフが声を上げる。

「亘理（わたり）……そうだ、亘理のやつだ！」

「亘理？」

「あぁ、身体を壊して辞めたやつか」

「……つまり、現時点であのスキルの事を知っているやつが、社内にいないって事か？」


　本来なら実装されたスキルの内容は規定の書式に従って報告され、そのデータは一括して管理される。しかしSRO（スロウ）では、何しろスキルの数が膨大な上に設計開発のスケジュールが押していたために、報告にはスキルやアーツの名前と簡単な内容だけを記載しておき、詳細な報告は後日手が空いてからというものが多かった。

　決して褒められた事では無いが、時間が無いという現実的な理由によって、所定の手続きは形骸化していたのである。ために、各スキルの詳細は担当者に訊くのが一番という事態がまかり通っていた。

「冗談じゃないぞ……」

　誰かがゴクリと唾を飲む音が聞こえた。

「至急、亘理とやらに連絡を取れ！　あのスキルについて訊き出すんだ。手の空いている者は、当時に亘理と親しかった者に訊き込みをかけろ。急げ！」

　室内が俄に慌ただしくなった。

・・・・・・・・

　一頻り（ひとしき）社内の人間に訊き込みをかけた結果、邪道スキルについていくつかの情報を得る事ができた。しかしその一方で……

「駄目です。亘理さんは当時のマンションを引き払って故郷に帰ったみたいです。故郷の住所は不明です」

「履歴書に記載は無いのか？」

「連絡先は当時の住所だけしか書いてありません」

「……せめて、そいつの出身地がどこか、知っているやつはいないのか？」

「あの……山奥の田舎だって聞いた事が……」

「それだけじゃ、チベットなのかアマゾンなのかも見当がつかん。木曽の山奥っていう可能性だってあるんだぞ」

「むしろ、最後の可能性が一番高いような……」

結局、亘理の所在については更に訊き込みを続ける——調査会社に依頼する事も検討された——として、邪道スキルについて判った事を整理しようという事になった。断片的な情報として得られたものを、大楽が整理してゆく。

「まず、邪道スキルと呼んでいたが、正しくは邪道アーツとでも呼ぶべきもののようだ。【錬金術】や【調薬】の互換アーツらしい」

「体系として存在しているのか？」

「あぁ、取得時のログ情報から辿ってみたんだが、彼が取得したのは【錬金術】や【調薬】の基礎スキルとほぼ同じものだ。で、悪い報せだが、各スキルの習熟がトリガーとなって誘導される中級アーツは、邪道アーツだとアンロックの条件がかなり厄介だ」

「……つまり？」

「速やかな上達が期待しづらい」

そもそもシュウイに【錬金術】と【調薬】を与えたのは、彼が理不尽に拾得するレアドロップ品を自分で利用する——はっきり言えば他所へ流さない——ようにするための布石としてである。スキルが成長せず、いつまで経ってもレアドロップを利用できないのなら、当初の目論見自体が怪しくなる。

「それじゃ何にもならない……」

「折角の【錬金術】と【調薬】が、死にスキルかよ……」

「いや待て。大楽、条件が厄介というのは？」

木檜チーフの問いに大楽が答える。簡潔に。

「初級の段階で邪道スキルを用いての作業……例えば【抽出】なら【抽出】を一定数こなしていないと、そのスキルを修得した事にならないようです」

「……それのどこが厄介なんだ？」

「レシピが解放されていません。彼に許可されたリンク先を辿ってみても、レシピというかヘルプファイルが見当たらないんです」

通常、錬金術で何をどうやれば何ができるというレシピは、予めプレイヤーに開示されるようになっている。そうしないと練習そのものができないからであるが……

「……ヘルプファイルが渡されていない？」

「仮にも邪道と銘打つアーツのレシピが簡単に入手できるのはおかしいというのが、亘理の拘りだったようですね」

「しかし……いくら何でも初心者には難度が高過ぎるだろう」

木檜と大楽の会話に、今度は別のスタッフが割って入る。

「いや……それなんだが、どうもこの邪道アーツ、本来は【錬金術】や【調薬】を修めた者が習得するものらしい。あの少年がスキルを拾ったルートは、それこそ冗談で設定されたものみたいだ」

「何と……だがまぁ、レシピ自体はあるんだな？」

木檜の何気無い質問に、大楽の顔が曇る。

「それなんですが……最悪、実装されていない……というか、その前に亘理が体調を崩して辞めた可能性もあります」

冗談じゃないという顔をする一同。

木檜が徳佐の方を見る。

「亘理が残したCDやメモリに残っているファイルを洗い出しています。現在のところ何も見つかっていません。通常ファイルのチェックが終わり次第、パスワードが設定されているファイルを覗いてみます」

「頼む。あぁ、それから……亘理が使用していたパソコンは既に初期化されているだろうが、念のために保安部に行って、サイバーセキュリティのチェック状況を当たってみてくれ。疑わしいファイルとしてコピーが保管されているかもしれん」

・・・・・・・

努力が実ってヘルプファイルの所在が知れたのは、それから数日後の事だった。

◆第二十一章　篠ノ目学園高校（月曜日）

1．昼休み

「邪道って……また妙な事やってんな～」

　週明け早々の昼食会で僕に向かって失礼なコメントを寄越（よこ）したのは匠。不本意ながら僕の親友だ。今日も図書委員会の仕事があるという要ちゃんを除いて、茜ちゃんを加えた三人でいつものようにお昼ご飯を食べている。

「けど、蒐君、【錬金術（邪道）】に【調薬（邪道）】って、どんなスキルなの？」

「能く解んないけど、簡単な説明（キャッチコピー）を見る限りだと、作成手順が少し違うみたい」

「まだ使ってないの？」

「まだだよ。道具も素材も揃ってないし、【調薬（基礎）】を【調薬（邪道）】に変えた時点で、なんか疲れたっていうか」

「あ～、なんか解る気がする」

　昨日【調薬（基礎）】を【調薬（邪道）】に変えた後もまだ時間はあったんだけど、何も情報が無いスキルを試してみるには準備が不充分って気がしたんだよね。大体、【錬金術（基礎）】でもジュースを搾り取るのに失敗したのに、いきなり【錬金術（邪道）】でやっても結果の評価ができないよね。

　面倒な課題も出てたし。……あれ？　匠は大丈夫なのか？

「おい、匠、三角測量を使って多角形の面積を求める課題、終わったのか？」

　地理の課題で三角測量をやってみるというのが出てたんだよね。効率的に計測するにはどこから手を付けたら好いのかで頭を捻ると思うんだけど……

「あ、あれか。フリーソフト使ってパソコンでちゃちゃちゃっとやったわ」

パソコンって……問題文には三角測量でって書いてあっただろ？

「……どうやったんだよ？」

「いや、だからスキャナーで図形を取り込んでな？　面積を求めるフリーソフトを使ったら簡単に出たぞ？」

「はぁ……それでＯＫが出る訳無いだろ。問題文にはっきり『三角測量で』って、書いてあっただろ？　評点引かれてやり直しだな」

「マジかよ！　……蒐、頼む！」

「写させてくれって言っても、もう時間無いぞ？地理は五時間目だろ？」

「いや！　加賀(かが)は課題を授業の最後に集めるから、まだ一時間以上ある！」

「蒐君！　お願い！」

「……って、茜ちゃん、まさか……匠のを写したの？」

「……（コクリ）……」

あ～……こりゃ駄目だ。

「しょうがない、急いで僕のノートをコピーして渡すから、あとはそっちでやってよ。匠、コピーをノートに貼って済ませようとするなよ？」

あの時は僕まで叱られたんだからな。

「恩に着る！」

「ありがとう！」

それからは弁当もそこそこに僕たちは教室に引き返して、大慌てでノートのコピーを済ませた。二人とも提出にはなんとか間に合ったみたいだけど……加賀先生もやるなぁ、まさか授業の途中で課題を回収するなんて。

時間をかけて生徒を油断させた訳か……。うん、要ちゃんと話が合いそうな先生だね。

2. 放課後

「それで、二人とも間に合ったの?」

「あぁ、何とかな。……けど、加賀のやつが急に回収なんて言い出すから焦ったわ」

「本当だよ~、加賀先生(センセ)、意地が悪いったら」

「……いや、授業前にちゃんと終わらせていれば済む話だからね」

「蒐君の言うとおりね」

「はいはい、優等生は違うよな」

「その優等生の協力を今後も得たいんなら、口を慎めよ? 匠?」

「サー! イエッサー!」

一日の授業が終わって、僕たち四人は校庭の隅で雑談をしていた。そう毎日茶店(さてん)に寄っていたら懐に厳しいしね。あ……でも……

「そう言えば、誰かさんたちのせいでお昼を食べられなかったんだよな~。お腹(なか)が空いたな~♪」

「「う……」」

「あ~♪ 家まで保たないかもな~♪」

「うう……蒐君、この時とばかりに……」

「諦めよう……今回は俺たちの負けだ……」

・・・・・・・・

「や~♪ 人の勘定で食べるパフェって美味しぃんだね~。勝利の味ってやつ?」


「……俺、奢らされてばかりじゃねぇか?」

「それだけ失言が多いんでしょ」

「匠、失言スキルとか持ってんの?」

「持ってたらお前にやるわ……って、SRO(スロウ)にはあるのか?」

「やめろよ！　拾ったらどうすんだよ！」

（「……運営に提案してみようかな」）

「……茜ちゃん、何か言った？」

「ううん♪　何も♪」


結局、僕たちは今日も「幕戸」に来ている。うちの生徒は誰も「帳と扉」なんて名前で呼ばないんだよね。マスターももう諦めてるし。大体、何でこういう名前にしたんだろう？　いつか聞いてみたいよね。

「それで、蒐はもう転職したのか？」

「は？　転職？」

「してないのか？　お前、レベルいくつだよ？」

「種族レベルなら6だけど？」

「もうかよ。……いや、そうじゃなくって、5になった時点でインフォがあったろ？」

「インフォ？」

「……あのね、蒐君、SRO(スロウ)では種族レベルが5になった時点で転職が可能になるの。勿論、転職せずにそのまま冒険者を続けても良いんだけど、転職すると、より専門的なスキルが手に入るのよ。だから大抵のプレイヤーは待ちかねたように転職するわね」

「……そんなインフォ、来なかったと思うけど……」

「じゃあ、『スキルコレクター』の仕様なのかもしれないわね」

「あ～……確かにレアスキルだけじゃ転職は厳しいか」

「けど、蒐君、従魔術師(テイマー)に召喚術師(サモナー)、錬金術師(アルケミスト)に薬師(ファーマシスト)、魔法職に限っても、職業アーツ四つも持ってるよね？」

「……互いに干渉し合うとか？」

「それも考えられるけど……やっぱり『スキルコレクター』が怪しいわね」

……僕って一生冒険者(フリーター)決定なの？

「……いや、冒険者をフリーターって……」

「定職に就けないって意味では合ってるかもね……」

「うう……専門職に就けないなんて……」

「いや……そりゃ判んねぇぞ」

「匠君？」

「蒐の『スキルコレクター』なら専門スキルも得易くなったりしねぇか？　だとすると、定職に就かないって事は、逆に言えば今以上の専門スキルを取れるかもしれないって事だぜ？」

「名を捨て実を取る……あり得るわね」

「お～、スーパー蒐君だ～」

「茜ちゃん、それ何さ……まぁ、前向きに捉えるのは良い事だよね……」

「そうそう♪」

「楽しむためのSRO（スロウ）なんだから、楽しまなくちゃ損だぜ」

うん、匠の言うとおりだね。折角だからこの境遇を楽しまなくちゃ。

◆第二十二章　トンの町

1. 北東のフィールド

ログインしてから宿で朝食を済ませると――現実で夕食を済ませた後にSRO（スロウ）で朝食というのにも最近は慣れた――その日の予定を考える。

匠たちには【錬金術（邪道）】と【調薬（邪道）】のスキル検証って言っておいたけど、道具も素材も何も無しじゃ、できる事なんてほとんど無い。せめて薬瓶くらいは買っておきたいところだけど、早朝じゃ開いてる店もあまり無い……バランドさんもお店は十時過ぎに開けるって言ってたしね。

という事で、少なくとも午前中は選択の余地無く狩りに決まった。昼頃戻って来て道具を買い揃え、【錬金術（邪道）】と【調薬（邪道）】の検証、で良いかな。

で、狩りのフィールドなんだけど……

「北のフィールド程度じゃもう手緩（てぬる）過ぎてお前のレベリングにならないし、だからと言って東のフィールドでギャンビットグリズリーやレッドタイガーを相手にするのは、主に僕の攻撃力の点で厳しいし……北と東の真ん中ぐらいに行こうか？」

そう問いかけると、シルは同意するかのように頷いた。……小さいけどそこは幻獣（のAI）だし、きっと僕の言う事も解ってるんだろうな。

場所も決まったし、シルの朝ご飯が済んだら出かけよう。……シル、お前、果物ばかり食べてるけど、本当にそれで大丈夫なの？　運営さんは大丈夫だって言ってたけどさぁ……。

・・・・・・・・

北と東の真ん中辺りのフィールドに来てみたんだけど、出てくるモンスターの難易度も二つのフィールドの中間くらいかな……数は多いけど。さっきから【虫の知らせ】【気配察知】【嗅覚強化】をオンにしているんだけど、結構ボロボロと引っかかるんだよ。

スラストボア、プレーリーウルフ、ワイルドベア、ミミックジャガー、スニーカークロウ、スキップジャックヴァイパー、レイダーワーム……それにマーブルボア。

マーブルボアはケインさんたちが東のフィールドで狩ったのよりは一回り小さかったけど、僕とシルだけで仕留めるのはさすがにきつかった。シルの【力場障壁(バリアー)】が無かったらあっさり詰んでたよ。もっと火力を上げてからじゃないと、東のフィールドはソロにはきついよね。

……と言うか、僕のスキルをどうレベリングしても、ギャンビットグリズリーやレッドタイガーに通じるとは思えないんだけど。いや……【土転び】は大活躍したけど、肝心の打撃力が不足して、ちまちまと削っていくしか無かったんだよね。……スキルに関係なく叩き斬るような武器、例えば鉈みたいなものを準備しておけば良かったのかな?

守りについてはシルの【力場障壁(バリアー)】は万全だし、盗賊退治クエストで得た【シルバーバックの革鎧】もあるしで、そう心配は無いんだけど……やっぱり攻撃力がなぁ……。

ナントさんに相談してみるか。それとも、新しく手に入れた【錬金術(邪道)】が何か仕事をしてくれないかな……。

いや、武器で思い付いたんだけど、モーニングスターってどうかな。あれなら単純に殴るだけだし、スキル無しでも何とか使えるんじゃないかな?

シュウイが頭を悩ませていると電子音が響き、「スキルコレクター」が新たなスキルの落手(らくしゅ)を報せた。

へぇ、【飛礫（つぶて）】かぁ……既に【投擲】スキルは持ってるんだけど……【飛礫】の方は石に特化したスキルみたいだね。投げ槍なんかは扱えないんで捨てられたのかな？　でも、特化スキルって強力なものが多いし、【投擲】も持ってるから、重ねがけすれば強力なものになるんじゃないかな。だとすると投げるのは石かそれに近いものになるけど……待てよ？

シュウイは何かを思い付いた様子で、昼食もそこそこにトンの町に戻って行った。

後ろを振り向くと……頑丈そうな大男が肩を怒らせて僕を睨(にら)んでいる。その後ろにいるのは……ああ、いつか伸してやった馬鹿か……確かガッツとか言ったっけ。あいつが兄貴分に泣き付いたのかな？　……あれ？　必死に手を振ってる。違うって言ってるみたいだな。だとすると、兄貴分が勝手に報復を買って出たのか。

「うらぁっ！　ビビってんのかぁっ！　泣いたところで許さねぇぞ！」

うん……面倒は面倒だけど、頑丈そうな身体だね。……これなら使えるかな。

Yをタッチすると、周囲に半透明のフィールドが形成された。

あれ？　シルも一緒で良いの？　装備品と見なされたのかな。……でも、シルが参戦したら早々に終わっちゃうし……手出し無用だよと囁くと解ってくれたようで、懐の中に引っ込んだ。

《どちらかが死亡、もしくは戦闘不能、もしくは

2．ＰｖＰふたたび

北門から町の中に入ってナントさんの店に急いでいると、後ろから野太い声で怒鳴り付けられた。ああ、面倒臭いなぁ。

「おいっ！　小僧っ！　こないだは弟分を可愛がってくれたみてぇだな！　こんだぁ俺様がテメエを可愛がってやるから覚悟しな！」

不意にポーンという電子音が響いて、空中に半透明なウィンドウが出現した。

《プレイヤー「ビッグ」からＰｖＰの申請が来ています。受けますか？　Ｙ／Ｎ》

降伏した時点で決闘は終了となります。決闘終了後に攻撃を加える事は許可されませんのでご注意下さい》

　開始の合図を待ちかねたように、大男が片手剣を振り上げて突っ込んで来る。でも……あの股の開き方はどうやら……。

　剣の間合いに入る手前で杖を足下に放ってやると、足をとられて転ぶのを防ごうとして、慌てたように踏鞴（たたら）を踏んでいる。転倒しそうなのを手を振ってバランスをとってるから、注意が疎（おろそ）かになってるところへ近寄って……

　左の掌底で腎臓を撃つ、続けざまに二発。金的を守るファウルカップか何か着けてるんだろうけど、動きのせいで丸判りだよ。苦痛に少し前屈みになったところを、右手のバグ・ナクで眼を抉る。いつの間に取り出したのかって？　隠し武器なんだから、装着を気取（けど）らせる訳無いじゃん？

眼窩（がんか）にバグ・ナクの爪が引っかかったままの状態で右手を引き下げると、デカブツの頭もそのまま下がって来て、右の蟀谷（こめかみ）の少し下——頬車（きょうしゃ）の急所に手が届く。左手で打撃を加えてやる——風摩（ふうま）殺（さつ）とか言うらしいけど、祖父ちゃんは単にビンタって言ってた——と、右の顎の骨が外れる。外れたのは片方の顎関節だけだから、改めて右手のバグ・ナクを下顎に引っかけ直して無理矢理引っ張り、顎を完全に外しておく。デカブツが何かうるさいけど……さて、実験だ。

　開けっ放しの口の中に右手を喉の奥まで突っ込んでみる……うん、入ったね。それじゃ次に、そのまま胃の辺りまで突っ込んで、バグ・ナクの爪を胃壁に食い込ませる。デカブツが僕を振り払おうとするのに合わせて右手を引っ張ると……バグ・ナクの爪で胃壁から食道を切り裂きながら、右手が引き抜かれる。

　なんかデカブツが逃げようとしてるけど、因縁（いんねん）を付けてきたのはそっちだからね。もう少し実験

に付き合ってもらわないと。

デカブツの剣を拾い上げて踝（くるぶし）を薙（な）いでおく。剣の使い方は能く解らないけど、何か補正でも効いてるのかな。すっぱりと足首が切り落とされた。

さて、次に……

俯（うつぶ）せに倒れたデカブツの肛門（ケツのあな）に剣を突っ込んでみる。現実では肛門（こうもん）は急所なんだけど……うん、ちゃんとダメージも入ってるみたいだ。ついでに肩胛骨（けんこうこつ）の裏側に剣を突っ込んで……引（ひ）っ剝（ぺ）がすのも問題無くできたね。このゲーム、結構リアルに準拠して身体（アバター）を創（つく）ってるみたいだ。

デカブツのＨＰが切迫してきたな……あと一回くらいしか保たないかな。それじゃ、仰向（あおむ）けにひっくり返して腑分（ふわ）けを……腕が邪魔だなぁ。剣で腕を斬り払うと……あれ？　デカブツの身体が消えてく。まさか、今ので死亡判定になったの？

ポーンという電子音と共に《Ｙｏｕ　ｗｉｎ》という文字が空中に表示されて、決闘フィールドが解除されたけど、デカブツは復帰しない。表示された文字を見ると……強制ログアウト？　脳波に深刻な怯えの反応？　一体何の事だろう？　これってただのゲームじゃん？

《プレイヤー「ビッグ」の所持金二十二万Ｇおよび所持品の所有権が、プレイヤー「シュウイ」に移りました。ステータスボードを確認して下さい》

おおっ♪　久しぶりに大きな実入りだね。お、アイテムバッグもある。これはありがたいね。けど、折角の実験が中途で終わったのは残念だなぁ……。

ふと周りを見回すと、なぜか見物人が一斉に目を逸（そ）らせた。何でさ？

殺人狂扱いされてむくれてると、そんな僕に声をかけてくる人たちがいた。

3．再会と弁明

「ケインさんに皆さん、お久しぶりです」

「ああ、少年も……その……元気そうだな」

「あ……ひょっとして引いちゃいました？」

「あ、いや……うむ……少しな」

……これは説明しておかなきゃ駄目だよね。ケインさんたちに誤解されるのは避けたいし。

「誤解しないでほしいんですけど、僕は別に戦闘狂とか解剖マニアじゃありませんから。必要に駆られて確かめただけです」

シュウイの言葉に見物人がざわめく。全員が耳をそばだてているのを確認したシュウイは肚（はら）を括った。既に目立ってしまっているのだ。この際だから見物の人にも、自分が危険人物でない事だけは知ってもらおう。いつまでもモンスター扱いされるんじゃ哀し過ぎる。

「僕はまだ本格的な武器スキルを取ってませんけど……」

シュウイの言葉に見物人がどよめく。

（「嘘だろう……」）

（「アレ全部パーソナルスキルって事か？」）

（「待て。武器じゃなくて体術スキルを持ってるんじゃないか？」）

（「あぁ……そういう事か。さすがに全部パーソナルスキルって事は無いよな」）

（「いや、体術だけで充分やってけるんじゃないか？」）

（「あれなら武器スキルなんか要らんだろう……」）

「……スキルを取る前に、SRO（スロウ）内での身体の構造を知りたかったんです。それによって効果的な闘い方が違ってくるから」

「……どういう事だね？」

「例えば、さっきのＰｖＰで僕は相手の口の中に手を突っ込みましたよね？　けど、確かめるまではそれができるのかどうか判らなかったんです。そもそも内臓があるのか、いえ、それ以前に喉の奥があるのかどうかも判りませんでしたから」

（「……そういやこのゲーム、空腹感や喉の渇きはあるのに、便意や尿意は無いよな」）

（「……喩えが下品だが、そういう事だろうな」）

（「確かに……内臓があるかどうかで、攻撃の方法も変わってくるか……」）

（「槍を口の中に突っ込んだ場合、内臓を傷つける判定があるか無いかは結構大きいぞ？」）

「それで試してみたって訳？」

「はい。モンスターや動物では、狩ったそばから消えていって確かめられませんでしたから」

「ＰｖＰを利用した、と」


うん。何とか理解してもらえたかな？

「いやぁ～、俺はてっきり、シュウが気に食わないやつを嬲り殺しにしてるのかと……」

「嬲り殺しは無いですよ。あ、でも……ポーションで回復させればもう少し保ったのかな……？」

ポツリと漏らしたシュウイの言葉に、観衆が一斉に二歩ほど後ろに下がる。

「いや、シュウイ君、あまり危ない発言してると、皆が引くからね？」

「あ……失礼しました。今のは非公式な発言です」

（「「「「本音って事じゃねーか！」」」」）

心中で一斉に突っ込む見物人一同。

「とにかくそういう訳で、僕は殺人狂でも解剖フェチでもありませんから」

ここでシュウイ……いや、蒐一のために一言弁護しておくと、一見過激と見える彼の行動の根底には、幼少期に端を発する根深いトラウマがある。

　柔らかな栗色の巻き毛、色白で肌理の細かい肌、円らな瞳、長い睫毛、一見華奢に見える骨格、そして女性的な愛くるしい顔立ちの全てが災いして、子供の頃から危ない男たちに付き纏われ、誘拐されそうになった事も一度や二度ではない。

　あわや対人恐怖症になりかけた蒐一を救ったのが三人の幼馴染みと、そして祖父による歌枕流の武術指導であった。自分の身を守る事ができるという自負とそれに見合った実力が、蒐一に自信を与え、無難な人付き合いを可能にした。

　その反面で、自分に危害を加えようとする者と、女と間違えて告ってくる輩に対しては、トラウマが敵愾心を駆り立てるのか、苛烈なまでの反撃に出るようになる。「微笑みの悪魔」あるいは「惨劇の貴公子」の誕生であった。

　SRO内のシュウイもそれは同じであったが、

「でも……シュウイ君、嗤ってたわよね？」

　え？

「……僕、笑ってました？」

「嗤っていたな」

　……そ、そうなのかな？

「え〜と、それはほら、久々に身体を動かせて楽しかったというか……」

「……連日狩りをしてるとか聞いたけど？」

「いえ……だから……プレーリーウルフやスラストボアだと闘い方が単調になるんですよ。モノコーンベアは滅多に出ないし。……かといって、ギャンビットグリズリーをソロで狩るのは、まだまだ僕には難しいですし」

（「「「「スラストボアもモノコーンベアも、ソロで狩る相手じゃねえよ！」」」」）

　見物人の心の叫びがシュウイに届く事は無い。

4. ナントの道具屋

あのまま立ち話も何だからというので、なぜかみんなしてナントさんの店に行く流れになった。ナントさんに用事があるらしい——僕絡みだとも言ってたけど、どういう意味だろう？　まぁ、僕もナントさんに買い取りをお願いしたいから構わないけどね。

「ナント、例のものは取ってあるだろうな？」

店に入るやいなや、性急にケインさんが問いかける。それに対するナントさんの答えは……

「すまん！」

うん……訳が解んないね。

「なっ！　取っておくように頼んだだろう！」

「解ってる！　重々すまん！　けど、こっちも町の顔役の薬師に頼まれたら断れないんだ。……それに、シュウイ君がいれば再入荷は期待できるし……」

へ？　僕？

「あの……どういう事かお訊きしても？」

二人の顔を見較べながら訊いてみた結果、大体の経緯は判った。

「……つまり、ケインさんたちが受けた依頼にプレーリーウルフの心臓が必要で、ナントさんから入荷の連絡があったので急いで来てみたら、ナントさんが言ったような次第でお偉方に掠め取られていたと……そういう事ですね？」

「どうやらそういう事らしい」

「で、シュウイ君、プレーリーウルフの心臓って、持ってない？」

「まぁ、ありますけど……そう言えば、昨日お渡しした分の代金って、いつ貰えますか？」

素材が売れたんなら代金を支払ってもらえるか

な、くらいの気持ちで訊いたんだけど……ケインさんたちの反応が恐かった。

「……おい、ナント、無料（タダ）で素材を巻き上げたとか言わんだろうな？」

「……話によっては暴れるわよ？」

「ちょっ！　ちょっと待って！　そういうんじゃないから！　珍品が多過ぎて即金で支払えないから、売れるまで待ってもらってるだけだから！　シュウイ君！　心臓の分は払うから！　彼らに説明を！」

あ……はい、説明ですか……

「……なるほど、シュウイ少年も納得しての事なら、まぁ良いだろう」

「ちゃんと適正価格を支払うのよ？」

「……いや、実のところ僕でも値付けが難しいものが多くてね。適正かどうかは自信が無いんだよ……僕自身が足下を見られてる可能性もあってね……」

「まぁ……シュウ坊のドロップ品ならありそうな話だな」

「けど……まぁ、大半は売れたよ。入金され次第、代金を払うから」

「昨日の今日でもう売れたんですか？」

「……先方の食い付きが凄くてね。それで、シュウイ君？」

「あ、はい、プレーリーウルフの心臓でしたね？　確かいくつかあったはずです」

本日のドロップ品を並べると……

「うわぁ……初見（しょけん）の素材がゾロゾロと……」

「スラストボアの頭骨、なんてぇドロップ品があるんだな……」

「スニークロウの羽根？　矢音を立てない矢羽根の素材……って、弓使いの垂涎（すいぜん）の的（まと）じゃない！」

「レイダーワームの歯……って、何に使うんだろ？」

「ワイルドベアの神経繊維？」

「何というか……プレーリーウルフの心臓がありきたりの品に見えてくるな……」

皆がわいわいと評定している横でナントさんが固まっている。どうしたのかな？

「あの……シュウイ君……これって……」

「あ、ミミックジャガーの毛皮です。綺麗ですよね」

「「「「はぁっ⁉」」」」

「どうかしましたか？」

何でもミミックジャガーというモンスターは滅多に見つける事ができず、その毛皮の美しさとも相俟って、目の玉が飛び出すどころか、そのまま転げて行って行方不明になるような高値が付いているんだそうだ。というか、王家が買い取るレベルなんだとか。

「じゃあ、コイツも王家に売り付けんのか？」

「いや……コレくらいの品になると、きちんと手順を踏まないと大事になる。まず、この町の領主に販売して、領主から王家に献上するという形を取る必要がある。直接王都に持って行ったりしたら、後が恐い」

「て、事ぁ……」

「ああ、シュウイ君、コレの支払いの事もあるし……すまないがまた支払いを少し待ってくれ。……本当に申し訳無いが」

「あ、良いですよ」

ＰｖＰの実入りもあったしね。

「じゃあ、我々だけでも、プレーリーウルフの心臓の代金を払っておこう」

「あ、どうもすみません」

「いや、こちらこそ。お蔭で依頼を完遂できる」

ケインさんから心臓五個分の代金と、絶対に買うと言い張ったベルさんからスニーカークロウの羽根の代金……そういやベルさんって弓使いだったね……あとはナントさんからも入金があった分の代金を受け取る。……うん、結構な大金だね。

あ、ミミックジャガーの毛皮については、決して喋らない事をナントさんに約束させられた――ケインさんたちも。

あ、そうだ。ケインさんたちもいるから丁度好いや。相談に乗ってもらおう。

「あの……皆さんにご相談したい事があるんですが」

「相談？」

「どういう事だい？」

僕は攻撃力の不足に悩んでいる事を説明した。

「なるほどねぇ……幻獣のレベリングかぁ……」

「ええ、戦闘ログを見たんですが、北のフィールドに出る程度のモンスターじゃ、もうシルの相手には物足りないんです。けど東のフィールドだと、僕の攻撃力が不足しそうで」

「そういう事なら付き合うぜ？」

「いえ、ありがたいんですけど、毎回ご迷惑をおかけする訳にもいきませんし、何より僕自身の攻撃力を上げない限り、問題は解決しません。けど、ご承知のとおり、僕には攻撃スキルがほとんど無くて……」

「さっきのPvPを見た限りじゃ、攻撃力不足とは思えないんだけど……」

「杖と暗器でギャンビットグリズリーと渡り合えと？」

それ、どんな罰ゲーム？

「ああ、いや、そうか」

「けど、シュウよ、店に売ってるスキルオーブは使えねぇんだろ？」

「ええ。だから武器を売ってもらおうかと。モーニングスターとか置いてませんか？」

「近接打撃武器？　また何で？」

「刃物だと、この先通じない相手が出てきそうで。けど鈍器なら、硬い相手にも衝撃は伝わるんじゃないかと思って」

「あ～、なるほど」

「確かにこの先、剣が通じねぇ硬いモンスターが出てくるよな」

「けど、僕としてはモーニングスターの類は売りたくないなぁ」

「え？　なぜですか？」

ナントさんの返事に戸惑った僕に答を教えてくれたのは、ダニエルさんだった。

「簡単だ、シュウ。間合いが近過ぎる」

「そう。モーニングスターは近接打撃戦用の武器だ。少なくとも盾が無いと、足を停めての殴り合いは危険過ぎる」

「お勧めできないわね」

「長柄のものもあるけど……これはこれで重くて長くて、取り回しが面倒だしねぇ」

ああ、予想はしてたけど、やっぱりか。

「じゃぁ、投石紐（スリング）ってありますか？」

「あ～、投石紐（スリング）かぁ……けど、あれは……いや、その前に、何で投石紐（スリング）を使おうなんて気に？」

「……何を言いかけたのか気になりますが……【飛礫】ってスキルを拾ったんですよ」

「【飛礫】？　聞いた事の無いスキルだな」

「石に特化した投擲スキルらしいです。で、何でこんな特化スキルがあるんだろうと考えていたら……」

「ああ、それで投石紐（スリング）を連想したのか……」

「……さっきヨハネが言いかけた事だけどね、結論から言うとβテストで投石紐（スリング）は役に立たなかったのよ。狙いが安定しなくてね。【投擲】持ちでも駄目だったから、使えないって事になったの」

「けど、誰も【飛礫】ってスキルは持ってなかったしな。案外シュウの言うとおりじゃねぇかって気がしてる」

「【投擲】との重ねがけも気になりますしね……試してみたいです」

「けど、そういう次第だから、投石紐（スリング）は店に置いてないんだ」

「ああ、それなら、簡単そうだから自分で作ってみます」

「……シュウ、お前、【投擲】スキルは持ってんのか？」

「あ、はい。レアスキルじゃないのは解ってますが、ボーラを投げていたらなぜか拾っていました」

「あ、ボーラ……」

「おうっ！　そいつを忘れるとこだったぜ」

うん？　ボーラがどうしたんだろう？

「ナントから連絡を受けて、我々も自作してみたんだが……」

「なぜかまっすぐ飛ばないのよね。まぁ、それでも当たるには当たるんだけど……」

「で、折角だからちょいとシュウに見てもらおうと思ってな」

何もおかしいところは無いように思えるけどなぁ
……

「ちょっと解いてみても良いですか？」

「あぁ、構わない」

う～ん……これがこうなって……こうで……

「ね、ねぇ、シュウイ君、なぜ紐の長さが違うの？」

「え？　あれ？　元通りにしたつもりなのに？」

「……ちょっと待て……やっぱり、これ、錘の重さが違ってるぜ」

「何？」

「あ～、それでまっすぐ飛ばないのか～」

「じゃあ、シュウイ少年は無自覚に縄の長さを調整していたのか？」

「あ……そういえば、僕、【日曜大工】ってスキルを持ってました」

「便利なやつだな……」

「つまり、シュウイ君が作る時にはそのスキルが働いて、錘の重さの違いを縄の長さで調整してる訳ね？」

「多分、そういう事ではないかと思うが……」

「現実にそれで調整できるかどうかはともかく、SROではそういう仕様になってるって事なんだろうね」

「……って事は、まともなボーラはシュウにしか作れねぇって事か？」

「いや……同様に【日曜大工】を持っている者が作るか、原因となった錘の重さが揃っていれば問題無いはずだ」

「つまりギルドが採用するには、ボーラの規格が揃っている必要がある。先は長そうだな、ナント」

有名人を語るスレ [4]

１：スレを立てた報告者
ここはＳＲＯ内で見かけた有名人を語るスレです。
荒らし行為、晒し、中傷は禁止です。良識ある「語り」を楽しみましょう。
次スレは＞＞９５０を踏んだ人が、宣言した上で立てて下さい。

過去スレ：有名人を語るスレ [1]-[3]　※格納書庫を参照のこと

－－－－－－－－－－－

３３４：名無しの報告者
＞＞３３１
何かの体術スキルだと思う。ひょっとして、【格闘術】のアーツを持ってるのかも

３３５：名無しの報告者
βプレイヤーならあり得るかも

３３６：名無しの報告者
＞＞３３４
リアルで武道経験者だって可能性は？

３３７：名無しの報告者
＞＞３３６
あんなエグい技、何の武道にあるんだよ？　そもそもバグナグだろ？

３３８：名無しの報告者
＞＞３３７
バグ・ナクな。暗器のスキルにあるらしい
リアルで経験してるかどうか怪しいというのには同意

３３９：名無しの報告者
けど、動きを見る限り掌打の応用じゃね？
口の中に突っ込むのは実験だって言ってたし

３４０：名無しの報告者
あんまり人のスキルを詮索するのはオススメできないな。晒しは禁止

３４１：名無しの報告者
だよなぁ。けど、あのスキルがどこかで入手できるのなら知りたいし

３４２：名無しの報告者
なんかスキル検証のスレみたくなってきたから、よそでやってくんない？
つ《ＳＲＯのスキルを検証する [6]》
つ《武器を語る兵（つわもの）たちのスレ [8]》
ここも加速してたからもう埋まってるかもだが

３４３：名無しの報告者

マナー違反かもしれんが、彼のプレイヤースキルが気になる。あの容赦の無さといい、バグ・ナクの習熟ぶりといい、他のゲームでＰＫの経験があるんじゃないか？

３４４：名無しの報告者
マナー違反かもしれんが……同意だな。それなら納得できる

３４５：名無しの報告者
ＳＲＯでＰＫやらない事を祈る（_人_）

３４６：名無しの報告者
＞＞３４５
ＰＫ職やる気なら、ああいう風に技を見せないだろ
でも、祈っとこう（_人_）

３４７：名無しの報告者
今北
＞＞３４２
もう埋まってる
つ《ＳＲＯのスキルを検証する [7]》
つ《武器を語る兵（つわもの）たちのスレ [9]》
ＰｖＰの動画撮っといたからここにも貼っとくわ
つ（動画）

３４８：名無しの報告者
乙

３４９：名無しの報告者
＞＞３４７
うわ……見直してみたが、これはエグい

３５０：名無しの報告者
見た感じはあんなに可愛いのに

３５１：名無しの報告者
＞＞３５０
お巡りさん、コイツです

３５２：名無しの報告者
＞＞３５１
同性愛は違法ではないぞ、一応

３５３：乙女な報告者
＞＞３５１，３５２
表に出ろ、キサマら！　乙女に向かって良い度胸だ

３５４：名無しの報告者
マジ乙女？

３５５：名無しの報告者
漢女（おとめ）とか？

３５６：乙女な報告者
３５４,３５５も同罪じゃ！

３５７：名無しの報告者
盛り上がってるとこ悪いんだが、コレって二つ名案件じゃね？

３５８：名無しの報告者
同意。しかし、この問題は別スレでやった方が良いかもしれんな

３５９：名無しの報告者
二つ名に関するスレはあったか？

３６０：名無しの報告者
無い。今調べた

３６１：名無しの報告者
んじゃ、言い出しっぺが立ててくる

３６２：名無しの報告者
３６１の報告待ちだな

３６３：名無しの報告者
立ててきた
つ《有名人の二つ名を論じるスレ》

３６４：名無しの報告者
じゃ、彼の二つ名に関する討議はこっちで

ーーーーーーーーーーー

（以下、続く）

有名人の二つ名を論じるスレ [1]

１：スレを立てた討論者
ここはＳＲＯ内で見かけた有名人の二つ名について論じるスレです。
荒らし行為、晒し、中傷は禁止です。良識ある討議を楽しみましょう。
次スレは＞＞９５０を踏んだ人が、宣言した上で立てて下さい。

２：スレを立てた討論者
このスレの意義とは少しずれるかもしれんが、最初にＳＲＯの二つ名持ちを整理しておきたいんだが。俺が知ってるのはこれくらい
テムジン＞「鉄筋エルフ」
ケイン＞「調停者」「風刃（ふうじん）」
ベル＞「弓姫（ゆみひめ）」
ダニエル＞「紅蓮壁（バーニング・ウォール）」
ヨハネ＞「一閃」
エレミヤ＞「応急」
ミディア＞「爆炎姫（ばくえんき）」
ノド＞「土建屋」
ミルダ＞「閃光の剣姫（けんき）」
タクマ＞「黒の双剣士」
カナ＞「白雪姫」「氷の女王」
セン＞「軽業師」

３：名無しの討論者
スレ立て乙
＞＞２
「狂犬」ガッツと「大剣」ビッグが抜けてる(笑)

４：名無しの討論者
＞＞３
必要かｗｗｗ

５：提案者
素朴な疑問なんだが、プレイヤーの名前と二つ名をネタにするスレの参加者が匿名でいいんだろうか？

６：スレを立てた討論者改めマドロス
＞＞５
同感だ。という事で、俺は名告る事にする。強制はしない

７：提案者改めジョン・ドゥ
じゃ、俺はジョン・ドゥな

８：名無しの討論者改めメアリー
改めてよろしく

９：名無しの討論者改めドット
８は女の人？
＞＞２

マンド＞「鳥人」は？

１０：メアリー
＞＞９
そ～だよ～

１１：新参
ここって記名スレなの？

１２：マドロス
＞＞１１
そういう事だ
つ5

１３：新参改め黒兎
了解。で、シュウイ君の二つ名は決まったの？

１４：マドロス
＞＞１３
シュウイって、このスレを立てた原因の少年か？　なぜ知ってる？

１５：黒兎
兎だけに耳が良いから、会話が聞こえたの♪

１６：ドット
それっていいのか？

１７：メアリー
普通に名前を呼んでるんだし、いいんじゃないの～

１８：マドロス
まぁ、駄目なら運営が何か言ってくるだろう
で、彼の二つ名候補はあるか？

１９：ジョン・ドゥ
「蹂躙者」は？

２０：ドット
「壊し屋（クラッシャー）」

２１：マドロス
＞＞２０
力まかせに壊しているわけじゃないんだし、「壊し屋」はどうかと思うぞ

２２：メアリー
「断罪の王子」か「鮮血の美童」

２３：黒兎
「流血の君子」か「紅太子（スカーレット・プリンス）」

２４：ミモザ
「朱（あか）の君（きみ）」

２５：更紗
「血笑公子（けっしょうこうし）」

２６：ドット
えーと、ひょっとして２３－２５も女の人？

２７：黒兎
＞＞２６
はい

２８：ミモザ
＞＞２６
肯定

２９：更紗
＞＞２６
そうですけど、何か問題が？

３０：マドロス
＞＞２２－２５
本人が困惑するような二つ名はスレ主として推奨できんよ？

３１：メアリー
あ～「美童」はまずいですかね～

３２：ミモザ
イメージ的には合ってる

３３：チャペック
今北
あの子の名前決まったん？

３４：ジョン・ドウ
まだ。加速中

３５：チャペック
もう「プルートー」でよくね？

３６：ミモザ
可愛くない

３７：更紗
美しくない

３８：黒兎

気品がない

３９：ドット
＞＞３８
いや、プルートーって神の名だぞ？　確かギリシア神話とローマ神話の冥界神。ハデスの異名

４０：マドロス
「鉄腕ア○ム」に出てこなかったか？　ゴツい感じのが

４１：ミモザ
可愛くない

４２：ドット
まあ、神話のプルートーも少年じゃないからなぁ

４３：メアリー
やはり少年要素は外せませんよ～

４４：ミモザ
同意

４５：黒兎
同意

４６：更紗
同意

４７：カルミン
同意

４８：チャペック
おい、なんかこのスレ、○女子率が高くないか？

４９：マドロス
最初はそうでもなかったんだが……

５０：アルベルト
面白そうなスレがあるって聞いて来てみたんだが……
「処刑人（エクスキューショナー）」か「ターミネーター」はどうだろうか

５１：チャペック
ターミネーターだと、あの筋肉俳優を連想するんだが

５２：ミモザ
可愛くない

５３：アルベルト

可愛さは必須なのか……

５４：日本左右衛門
「ラグナレク」は駄目なん？

５５：マドロス
>>５３
必須じゃないと思うんだが

５６：ジョン・ドゥ
>>５４
今チェックしたら、「ラグナレク」はパーティ名に使われてる

……………

この後もグダグダな討議が続いたが、結局シュウイの二つ名についての合意は形成されなかった。

7. 微睡みの欠片亭

ナントさんやケインさんたちとあれこれ話し込んだ後、ナントさんの店で投石紐（スリング）の材料に使えそうなものを買って店を出た。ケインさんたちはとんぼ返りでナンの町に戻るそうだ。納品クエストを一刻も早く終わらせたいらしい。仕事の早さも考課の材料になるんだそうだ。ベルさんからは、スニーカークロウの羽根が取れたら売らずに取っておいてほしいとお願いされた。まぁ、それくらいは構わない。アイテムバッグも二個増えたしね……あのデカブツ、バッグを二個も持っていたんだよ。あ、邪魔臭い大剣はナントさんに引き取ってもらった。

宿に戻って食事を終え、シルの夕ご飯を出している時に気が付いた。【錬金術（邪道）】と【調薬（邪道）】について相談し忘れた。……どうしよう。

・・・・・・・

自分の迂闊さにしばらくガックリとしていたけど、心配したシルが寄って来てくれたので我に返った。う〜ん、シルは本当に可愛いなあ。メイやニアの言ってる事も少しは解るかな。

こうしていても始まらないし、【錬金術（邪道）】と【調薬（邪道）】については明日、薬屋のバランドさんにでも相談してみよう。住人（NPC）だけど、プレイヤーよりも詳しいかもしれないしね。

それより、明日のために投石紐（スリング）を作っておこう。材料はナントさんの店で買ってある。【日曜大工】はどうやらパッシブなスキルみたいだから、このまま製作に入っても大丈夫だろう。

……うん、一応それらしいものはできた。後は明日、実際に使ってみないと判らないな。果たして使い物になるかどうか。

あ、そうだ、シルのステータスをチェックしないと……

個体名：シル
種族：ウォーキングフォートレス（幼体）
レベル：種族レベル3
固有スキル：【力場障壁（バリアー）　Lv4】

う〜ん……やっぱり種族レベルは上がってないか……。北のフィールドに出るモンスターくらいじゃ、もうシルの防御力のレベリングには不足かぁ……解ってはいたけど。それでもスキルレベルは上がってるから、全くの無駄ではない訳か。

次に僕のステータスだけど……

【解体】と【落とし物】の他に、【虫の知らせ】【嗅覚強化】【気配察知】が軒並み上がってるな。まぁ、門を出てからずっと発動させっ放しだから当然か。他は【土転び】と【反復横跳び】が上がってるか。【土転び】は襲って来るモンスターをあしらうのに、【反復横跳び】は回避に便利だから、両方ともすぐ使っちゃうからなぁ。【反復横跳び】を使い出したのは最近だけど。あ、今度【お座り】っていうのも使ってみよう。

……あれ、新しいスキルがある。【擬態】に【ウェイトコントロール】かぁ……。

【擬態】は多分ミミックジャガーから奪ったスキルだろう。石や木に擬態できるみたいだ……へぇ？　レベルが上がったら他の動物やモンスターのふりをする事もできるのか……。【地味】と重ねがけしたら効果が上がるんじゃないかな。

【ウェイトコントロール】は……レベル1だと五秒間だけ自分または触れている物の重さを二割増しにするスキルねぇ……。何の役に立つんだよ、コレ。死にスキルってやつじゃ…………………

違うっ！

違う！違う！違う！　これこそ今の僕が必要としているスキルだ！　早く育てないと……【器用貧乏】があるから、使うだけでガンガンレベルが上がるはずだ。

……良しっ！　レベル３に上がった！　これで自分および触れている物の重さを、十秒（あるいはそれ以下）の間だけ二倍にするか、四割ほど軽くする事ができる。クールタイムはスキル発動時間の二倍か、問題無い。

僕の予想が正しければ、これは切り札になり得るスキルだ。このスキルの事はタクマたちにも秘密にしておかないとね。

明日が楽しみだ。お休みなさい。

ーーーーーーーーー

《シュウイのスキル／アーツ一覧》

レベル：種族レベル７

スキル：【しゃっくり　Ｌｖ２】【地味　Ｌｖ３】【迷子　Ｌｖ０】【腹話術　Ｌｖ３】【解体　Ｌｖ７】【落とし物　Ｌｖ８】【べとべとさん　Ｌｖ２】【虫の知らせ　Ｌｖ５】【嗅覚強化　Ｌｖ４】【気配察知　Ｌｖ４】【土転び　Ｌｖ３】【お座り　Ｌｖ０】【掏摸　Ｌｖ０】【イカサマ破り　Ｌｖ０】【反復横跳び　Ｌｖ３】【日曜大工　Ｌｖ２】【通臂　Ｌｖ１】【腋臭　Ｌｖ１】【デュエット　Ｌｖ５】【般若心経　ＬｖＭａｘ】【弓術（基礎）　Ｌｖ１】【狙撃（基礎）　Ｌｖ１】【投擲　Ｌｖ１】【器用貧乏　Ｌｖ１】【飛礫　Ｌｖ０】【擬態　Ｌｖ０】【ウェイトコントロール　Ｌｖ３】

アーツ：【従魔術（仮免許）】【召喚術（仮免許）】【杖術（物理）　皆伝】【錬金術（邪道）　Ｌｖ０】

【調薬（邪道）　Ｌｖ０】
ユニークスキル：【スキルコレクター　Ｌｖ６】
称号：『神に見込まれし者』
従魔：シル（従魔術）

◆第二十三章　篠ノ目学園高校（火曜日）

1．昼休み

いつものように屋上で弁当を食べている訳だけど、今日は要ちゃんも参加できて四人だ。相変わらず僕一人が三人からイビられている。もう虐（いじ）めだよ、これ。

「いやいや蒐君、これをイジメだなんて言ってたら、昨日のＰｖＰは何だったのかっていう話になるから」

「え？　……運営の監視下で公正に行なわれた、単なる試合だよ？」

「どの口が言うかな～、そーゆー事」

「殺試合（ころしあい）の間違いじゃないの？」

「蒐、一般人の感覚では、あれこそが虐めだからな？」

「何でだよ⁉　ＰｖＰ売ってきたのは向こうじゃん！」

「確かにそうなんだけど……」

「高く買い過ぎだっての」

「公正取引委員会から行政処分が下るよ？」

「掲示板も大荒れだったからな？」

……掲示板？

「掲示板って？」

「あ～、やっぱり」

「気付いてなかったみたいね」

「蒐、お前、掲示板、見てないだろ？」

「蒐君、噂の中心だよ？」

え？　どういう意味⁉

「荒れてるのは有名人スレとスキルスレ、それに武器スレだっけ？」

「二つ名スレも加速してたな」

「……加速？」

「書き込みが多くて、スレが凄い勢いで埋まっていったって事」

「まぁ、あの虐殺ぶりを見たら、そりゃ盛り上がるわな」

「体術やバグ・ナクの話題で大荒れだったわよ」

「真面目な話、少しは考えろよ、蒐。リアルの身元がバレかねんぞ？」

「うん……気を付けたいけど……僕のせいじゃないよね？」

「まぁ……一応は被害者なんだがな……」

「目立つのは駄目」

「出る杭は打たれるって言うし」

うん……リアルでごちゃごちゃ言われるのは、確かに面倒なんだよね。

「けどまぁ、これで蒐に絡むやつも少しは減るだろ」

「命あっての物種だもんね～」

「……人を殺人鬼みたいに言わないでよ、茜ちゃん……」

「ま、今後は少しくらい手加減しろよ？」

「そもそも蒐君、戦闘スキルを取れないから、当座は大人しくしてるような事を言ってなかった？」

「僕は今でもそのつもりだよ？　けど、向こうが勝手に突っかかってくるんだから、正当防衛じゃん？」

「……絡まれないようにアピールした方が良いのかしら……」

「黄色と黒の縞模様とかか？」

「スズメバチかヒョウモンダコみたいじゃん……嫌だよ」

「……そこで虎とか豹が出てこないのはなぜだ？」

「蒐君は牙より毒かぁ～」

「身近な生き物が先に浮かんだだけだよ！」

……そりゃ、毒にはちょっと興味があるけどさ。

「要はトレードマークがあれば良いのよね」

「……要ちゃん、黒い笑いはやめてよ……」

「あら？　蒐君は乙女の微笑みを悪し様に言う

の？」

あれはそんな可愛いもんじゃないよ。要ちゃん、絶対何か企んでる。

2. 放課後

　茜ちゃんと要ちゃんが、毎日「幕戸」でパフェ三昧は健康に悪いとか言い出したので、今日は学校の近くにある親水公園まで歩いて来ている。

　教室の前でこそこそとウェストとか体重がどうとかいう言葉が聞こえたのは気のせいだ。そういう事にしておかないと駄目なんだよ。

「偶にはこういうノンビリした雰囲気も好いわね〜」

　木陰のベンチに座って要ちゃんはご機嫌だ。学校からここまで、片道およそ三千歩ほどあるしね、うん。

「何か言いたい事でもあるの？　蒐君」

「ううん？　健康的で良いな〜と思ってただけだよ？」

　うん、健康的なんだよ。

「まぁ、気持ち好いのは事実だよな」

　親水公園は小さな子供たちにとって恰好の遊び場だ。今日も母親に連れられたちびっ子たちが歓声を上げている。僕たちも子供の頃は能くお世話になったもんだ。

　要ちゃんの言うとおりの長閑な光景を目の当たりにしながら、僕らはしばらくぼけーっとしていた。こういう時間も大切だし、その時間を共有できる友人がいるのは良い事だよね。

「そう言えば蒐、レベリングは捗ってんのか？」

「うん。まぁ、順調かな。僕はレベル7になったけど、シルはまだレベル3なんだよね……。幻獣というだけあって、レベルが上がりにくいみたいなんだ」

「実質ソロって事じゃねぇか……」

「蒐君、気付いてないのかもしれないけど、その戦果は異常だからね？」

へ？　ケインさんたちなんか、ギャンビットグリズリーやレッドタイガーを狩ってたよ？　ソロだとこんなもんじゃないの？

「比較対象が間違ってるよ……」

「蒐君、『黙示録（アポカリプス）』はβプレイヤーでトップパーティだからね？」

そうなの？

「ケインさんたちを基準にすんなよ……」

「でも、今のままだと火力不足だから、攻撃手段が欲しいんだよね」

「あぁ……魔法スキルが取れないんだっけか」

「うん。武器スキルはこないだ【杖術】を拾ったし、ある程度は自力で何とかなるかもしれないけど……魔法スキルはね。『スキルコレクター』の仕様だと、ちょっと厳しいかな」

「ねぇねぇ、魔道具は？」

「幻獣だもんね～」

「てか……蒐はもうレベル7かよ。一体どんなレベリングやってんだ？」

「え？　シルのレベリングに付き合って狩りをしてるだけだよ？」

「従魔の狩りに付き合うって……何かおかしくない？」

「いや、問題はそこじゃなくて……何を狩ってるんだ？」

「別に……プレーリーウルフとかスラストボアとか……ワイルドボアにスキップジャックヴァイパー……大物はモノコーンベアとマーブルボアくらいかな？」

「「……」」

「……ソロでか？」

「え？　ソロの訳無いじゃん」

そう言うと、なぜか三人はほっとしたような顔をした。心配してくれてるのかな。大丈夫、シルがいるから。

魔道具⁉　そういえば以前そんな事を……

「茜ちゃん、戦闘向きの魔道具ってあるの？」

「え～と……」

茜ちゃんは困ったように匠たちの方を向いた。

あぁ、言ってみただけか。

「魔剣があるんじゃないかって噂があったな」

魔剣⁉

「匠！　その話、詳しく！」

「いや……β時代にプレイヤーの一人から聞いたんだけどな、クローズドβに参加したプレイヤーとリアルで飲んだ時に、そういう話がポロッと出たらしい。詳しくは聞き出せなかったみたいだけどな」

「その話は初耳ね」

「む～、匠君、何で黙ってたの～？」

「いや、だって噂だけだし、曖昧な話を流す訳にもいかないだろ？」

うん、噂だけでもこれは期待が持てるかな？

「それに、似たようなもんなら既にあるだろ？」


うん？

「あぁ、効果付きの武器ね」

「要ちゃん、それって何？」

「簡単に言うと、斬り付けた時に効果がプラスされるような武器の事。与えるダメージが増えたり、火属性のダメージを与えたりね」

「……それって、魔剣とは違うの？」

「効果付きの武器はキャラクターが作るものだから」

「今は住民(NPC)しか作れないけどな」

「魔剣はそれの上位版って事？」

「みたいなんだが……能く判らねぇんだよな」

「他のゲームだと、武器自体が意志を持ってたりするわね」

「あと、進化したりとか」

「何か……凄いんだね」

うん、魔剣はともかく、効果付きの武器なら手に入るかな？

「効果付きの武器って、どこで買えるの？」

「あ〜……一応ナンの町にはあるけどな」

「何？」

「俺が見たのは大剣と盾だったぞ？」

「う……使えない」

「まあ、この先入手の機会があるかもしれないし」

それを期待するかぁ……

挿話　スキル余話～センの挑戦～

「む～……」


難しい顔をしてかれこれ三十分近く自分のステータスを眺めているセンに、カナが意を決した様子で声をかける。

「ねぇ、センちゃん。さっきから難しい顔で、一体何を考えているの？」

「あ、カナちゃん、レアスキルってどうやったら手に入るのかな？」

「……え？」

確たる入手の方法など、無い。

滅多に手に入らないからこそ、レアスキルなのである。

「……つまり、シュウ君がレアスキルを使いこなしているのを見て、自分もやってみたくなった、と？」

「うん。何だかシュウ君に負けてるみたいな気がして」

――もしシュウイが聞いていたら、きっと大声で異議を申し立てたに違いない。彼にしてみれば、レアスキルしか入手できないから苦労して使いこなしている訳で、普通のスキルが手に入るのなら、それに越した事は無いのである。

「……入手の方法は知らないけど、仮に手に入ったとしても、簡単に使いこなせるものではないと思うわよ？　シュウ君の話を聞く限り、癖のあるスキルばかりみたいだし」

「む～……それは解るけど～……」

しばらく話していると、他のパーティメンバーも何事ならんと集まって来た。

「何？　レアスキル？」

「いつだったか【水玉模様】ってスキルを使って、メンバーにボコられてたやつがいたよ。顔から鎧から水玉模様にされた娘が、物凄く怒ってた」

「うわぁ……」

「このゲームのレアスキルって、そんなんばっかだよな……」

「あれ……？　セン、前に【じゃんけん】とか拾ってなかったっけ？」

「う〜……拾ったけどぉ……じゃんけんが強くなるしか能の無いスキルだったもん。もう少し役に立つのが欲しいんだよ〜」

「いえ……どうかしらね？」

「カナちゃん？」

「レアスキルって、見かけどおりのスキルじゃないみたいに思えるのよ。隠し効果があるとか、育てると化けるとか」

正解である。運営が仕込んだレアスキルは、様々な隠し効果や進化先を持つものがほとんどであった。センが役立たずとして捨てた【じゃんけん】も、レベル3まで上がった場合、知らない相手との交渉では高確率で優位に立てるというパッシブな副効果を発揮するはずであった。

……まぁ、どっちみちセンには無用の効果であったろうが。

「あ……育てるって言えば、誰かが【大声】を持ってたな。育てると【咆吼】になるんじゃないかって、それが目的みたいだけど」

「え？　【咆吼】？」

【咆吼】は大音声に吼えて敵を威圧するスキルであり、モンスターなどが持っている事が多い。戦闘時に役に立つのは確かなようだが……

「センちゃん、興味を示すのは解るけど、女の子が持つスキルじゃないと思うの」

カナの意見が妥当なものであろう。少なくとも、小柄な可愛い女の子が、大口を開けてケダモノのような唸り声を上げるシーンなど、誰が喜ぶというのだ。

「う〜ん……」

センの願いが天に通じたのか、彼女がレアスキルを拾ったのは数日後の事であった。
・・・・・・・・
「カナちゃん！　見て見て！　拾ったの！」

満面の笑顔でセンが披露したのは、【水鉄砲】というレアスキルであった。名前だけ聞けば凡庸なスキルに思えるが……実はこのスキル、テッポウウオという実在する淡水魚の能力を人間向けにしたものであった。

すなわち……口に含んだ水を高速で飛ばし、相手にダメージを与えるのである。要は忍者が使うとされた「含み針」のようなもので、相手の意表を衝く事ができ、上手く眼にでも当てる事ができれば、与えるダメージも相当である。

「センちゃん……使うつもりなの？」

「うん！　だってコレ、すっごく便利だよ!?」

確かに、レアスキルにしては使い勝手は悪くない。悪くはないのだが……

「……あのね、センちゃん、ほっぺた膨らませて、口から水を噴き出すなんて……女の子としてどうかと思うのよ」

大衆の意見はその一語に集約されるだろう。

「うぅ〜……性差別だよ〜……」

――確かに、セクハラと言えない事も無い。

・・・・・・・・

「ユーザーからの要望？」

「はい。何でも、可愛く使えるレアスキルが欲しいんだそうです。具体的には、水鉄砲を女子用に改良してほしいんだそうでして……」

「何だ、そりゃ？」

要領を得ない要望のメールに、運営管理室の面々は首を傾げるのであった。

スキルリッチ・ワールド・オンライン
～レアというよりマイナーなスキルに振り回される僕～
SKILL RICH WORLD ONLINE

あとがき

初めましての方は初めまして、お見知りおきの方は今後ともよろしく。「小説家になろう」出身の片隅作家、唖鳴蝉（あめいぜん）と申します。

まずはこの本をお手に取って戴き、ありがとうございます。

本作はVRMMO内での冒険（?）がメインではありますが、ゲーム外の世界に出来事にも相応の頁を割（さ）いています。これは、主人公が一人遅れてゲームを始める事になったため、彼に対する支援が――ゲーム内ではなく――リアルの学園生活を介してなされる事になったのが一つ。そしてもう一つ、主人公が「トリックスター」なる難物スキルを引き当ててしまった事が原因となっています。「トリックスター」の性質上、ゲーム内の秩序を引っ掻き回すのは避けられず、結果として運営の出番が予想以上に増えてしまいました。

どうかご理解の程をお願いします。

書籍版では書き下ろしとして、連載中に語られる事の無かったレアスキルがらみの話を幾つか追加しました。お気に召した話が一つでもあれば、作者として喜びに堪えません。

実はこの作品、何が大変かと言って、作者を無視して勝手に増殖するレアスキルたちをどこでどう使うのか、その一点であったりします。曲者スキルは色々と思い浮かぶんですが、その使い所を用意するのが大変でして……。

その一方で、キャラクターたちの造形は割とすんなり決まりましたし、基本的には素直に動いてくれる良い子たちなのですが……スキルが絡むと途端に展開が読めなくなったりします……作者にも。

今のところレアスキル――と言うか、マイナースキル――たちの検証はシュウイに丸投げとなっていますが、いずれレアスキルの詳細が明らかになるにつれて、一般のプレイヤーたちの見る眼も変わってくる……はずです。

この後は、ゲーム内のNPCたちがプレイヤーそっちのけで勝手にイベントを進めてしまったり、ゲームのAIが運営の予想外の行動に走ったりと、アクシデント――トラブルにまでは至っていない、そう信じたい――も盛り沢山の展開が控えております。無論それらの大半に、「トリックスター」であるシュウイが関わってくるわけですが……。曲者揃いのNPCたちも順次登場し、更にカオスな展開へと続きます。

なお、本作のコミカライズ版の方にも、「ワイルドフラワー」の日常を描いたSSを二話ほど書き下ろしてあります。宜しければこちらもお手にとってご覧下さい。

それでは、今後とも「スキルリッチ・ワールド・オンライン」をよろしくお願いします。なお、本作は小説投稿サイト「小説家になろう」でも連載を続けております。

スキルリッチ・
ワールド・オンライン
～レアというよりマイナーなスキルに振り回される僕～
SKILL RICH WORLD ONLINE

究極の
ヴァーチャル体験へ
ようこそ。
SKILL RICH WORLD ONLINE
スキルリッチ・ワールド・オンライン
~レアというよりマイナーなスキルに振り回される僕~
1
BIRZ COMICS
vol.1
NOW ON SALE!!
バーズコミックス●B6判
発行：幻冬舎コミックス
発売：幻冬舎

スキルリッチ・ワールド・オンライン
～レアというよりマイナーなスキルに振り回される僕～

2018年11月30日　第1刷発行

著者　唖鳴蝉（アメイゼン）

イラスト　三ツ矢彰

本書の内容は、小説投稿サイト「小説家になろう」(http://syosetu.com/)に掲載された作品を加筆修正して再構成したものです。
「小説家になろう」は㈱ヒナプロジェクトの登録商標です。

発行人　石原正康

発行元　株式会社 幻冬舎コミックス
〒151-0051　東京都渋谷区千駄ヶ谷4-9-7
電話 03(5411)6431(編集)

発売元　株式会社 幻冬舎
〒151-0051　東京都渋谷区千駄ヶ谷4-9-7
電話 03(5411)6222(営業)
振替　00120-8-767643

デザイン　竹内亮輔＋遠藤智美 [crazy force]

本文フォーマットデザイン　山田知子 (chicols)

製版　株式会社 二葉企画

印刷・製本所　大日本印刷株式会社

ISBN978-4-344-84347-9 C0093 Printed in Japan
幻冬舎コミックスホームページ http://www.gentosha-comics.net

本作品はフィクションです。実在の人物・団体・事件などには関係ありません。